JUMP j BOOKS

双星の陰陽師《そうせいのおんみょうじ》

―天縁若

助《すけ》野《の》嘉《よし》昭《あき》
田《た》中《なか》創《はじめ》

人物《じんぶつ》紹介《しょうかい》

天《あま》若《わか》清《せい》弦《げん》

ろくろや亮悟《りょうご》の師《し》。陰陽師《おんみょうじ》最強《さいきょう》ランク・十二天将《じゅうにてんしょう》の〝白虎《びゃっこ》〟であったが、石鏡悠斗《いじかゆうと》との戦《たたか》いで右腕《みぎうで》を失《な》くし、その座《ざ》から降《お》りる。音海繭良《おとみまゆら》の実《じつ》の父《ちち》。

焔魔堂《えんまどう》ろくろ

陰陽師《おんみょうじ》候補生《こうほせい》が皆殺《みなごろ》しにされた「雛月《ひいなつき》の悲劇《ひげき》」の唯一《ゆいいつ》の生《い》き残《のこ》り。紅緒《べにお》とともに最強《さいきょう》の陰陽師《おんみょうじ》「神子《みこ》」を生《う》む夫婦《ふうふ》となる「双星《そうせい》の陰陽師《おんみょうじ》」の神託《しんたく》を受《う》ける。

音海《おとみ》繭良《まゆら》

清弦《せいげん》の娘《むすめ》。運動音痴《うんどうおんち》だが呪力《じゅりょく》が強《つよ》い。ろくろと紅緒《べにお》と共《とも》に戦《たたか》うため修行《しゅぎょう》を開始《かいし》する。

化野《あだしの》紅緒《べにお》

有名《ゆうめい》な陰陽師《おんみょうじ》を数多《かずおお》く輩出《はいしゅつ》してきた名家《めいか》の娘《むすめ》。陰陽師《おんみょうじ》としての実力《じつりょく》は高《たか》く、疾《はや》さはずば抜《ぬ》けている。おはぎが好物《こうぶつ》。

土御門《つちみかど》有馬《ありま》

全《すべ》ての陰陽師《おんみょうじ》を統《す》べる総覇《そうは》陰陽連《おんみょうれん》の陰陽頭《おんみょうのかみ》。

嗎《いななき》新《あらた》

十二天将《じゅうにてんしょう》・"太裳《たいじょう》"。最強最《さいきょうさい》高《こう》ランクの陰陽師《おんみょうじ》の一人《ひとり》。

五百蔵《いおろい》鳴海《なるみ》

十二天将《じゅうにてんしょう》・"勾陳《こうちん》"。最強最《さいきょうさい》高《こう》ランクの陰陽師《おんみょうじ》の一人《ひとり》。

双星の陰陽師《そうせいのおんみょうじ》

天縁若虎《てんえんじゃっこ》 ー目次《もくじ》ー

陰陽師《おんみょうじ》だけが住《す》むといわれる島《しま》
土御門島《つちみかどじま》
これはろくろと紅緒《べにお》が出会《であ》うよりも何十年《なんねん》も前《まえ》の物語《ものがたり》
はぁ
はぁ
…くそ
くそっ……!!
天縁若虎《てんえんじゃっこ》〜二色滑稽画之序《にしょくこっけいがのじょ》〜
!!
そ……
そんな……
諦《あきら》めなぁ〜

ズン
もうこの世《よ》にあんたの逃《に》げ場《ば》はねぇ〜〜〜

おっ…
俺《おれ》は生《う》まれてからずっとこの島《しま》でケガレと戦《たたか》ってきたんだっ…
それなのに…同《おな》じ陰陽師《おんみょうじ》をっ…！陰陽師《ひと》が陰陽師《ひと》を殺《ころ》すのかっ!!?
心配《しんぱい》しなくても殺《ころ》しはしねぇよぉ〜
あんたが人間《にんげん》ならなぁ〜〜
ドキ
おっ…おお
おああぁあああぁ

黒煉手甲《こくれんしゅこう》
喼急如律令《きゅうきゅうにょりつりょう》

お役目《やくめ》ご苦労様《くろうさま》で御座《ござ》いました
!
見事《みごと》な手際《てぎわ》感服致《かんぷくいた》します九代目《だいめ》
その呼《よ》び方《かた》はやめろ夕弦《ゆづる》~~~~……！
しっ…失礼《しつれい》しましたっ
つうか
人殺《ひとごろ》しの腕《うで》なんか褒《ほ》められても嬉《うれ》しくもなんともねぇ~

流石《さすが》は清弦様《せいげんさま》 行《ゆ》く行《ゆ》くは 我《われ》ら〝律《りつ》〟のトップと なられる お方《かた》
手際《てぎわ》も さることながら 任務遂行《にんむすいこう》して尚《なお》 表情《ひょうじょう》ひとつ変《か》えぬ
既《すで》に心《こころ》は修羅《しゅら》と 化《か》しておられる
愚《おろ》か者《もの》！
!?
一体《いったい》どこを 見《み》ていれば そんな台詞《せりふ》が 吐《は》けるのだ
清弦様《せいげんさま》の隈《めもと》を 見《み》なかったのか ……！
あれは
あの方《かた》が 誰《だれ》よりも優《やさ》しく
誰《だれ》よりも 罪《つみ》の重《おも》さを 理解《りかい》している 証《あかし》だっ……!!

土御門島《つちみかどじま》には
古《ふる》くから
〝律《りつ》〟と呼《よ》ばれる
特殊部隊《とくしゅぶたい》が
存在《そんざい》していた
その役目《やくめ》は
島《しま》の秩序《ちつじょ》を
乱《みだ》す者《もの》の
抹殺《排除》であった
更《さら》に近年《きんねん》
律《りつ》が最《もっと》も多《おお》く
手《て》にかけてきた
対象《たいしょう》……それが
〝呪禁物忌《じゅごんものいみ》〟の
呪《のろ》いにかかった
陰陽師《おんみょうじ》の排除《はいじょ》
呪禁物忌《じゅごんものいみ》とは
当時《とうじ》土御門島《つちみかどじま》に
蔓延《まんえん》していた
正体不明《しょうたいふめい》の現象《げんしょう》である
呪禁物忌《じゅごんものいみ》に憑《つ》かれた者《もの》は
全身《ぜんしん》を陰《いん》の瘴気《しょうき》に
支配《しはい》され
自我《じが》を失《うしな》い人々《ひとびと》に
襲《おそ》いかかる
そして
この呪《のろ》いが最《もっと》も
恐《おそ》れられていた
理由《りゆう》が
呪禁物忌《じゅごんものいみ》の瘴気《しょうき》に
触《ふ》れた人間《にんげん》もまた
同《おな》じ呪《のろ》いにかかる
というものであった

陰陽師《おんみょうじ》だけの島《世界》でありながら
ケガレではなく人《ひと》を殺《ころ》す術《すべ》に長《た》けた〝律《りつ》〟
この律《りつ》を束《たば》ねていたのが清弦《せいげん》の生家《せいか》天若家《あまわかけ》であった

土御門島《つちみかどじま》予備役《よびえき》陰陽師《おんみょうじ》修練《しゅうれん》機関《きかん》
青陽院《せいよういん》
！
おい見《み》ろ
……アイツ

あれ律《りつ》の…天若《あまわか》の人間《にんげん》じゃないか？
同族殺《どうぞくごろ》しの一族《いちぞく》が何《なん》でアカデミーに来《き》てるのよ
上層部《じょうそうぶ》の中《なか》で入学《にゅうがく》を推《お》した人《ひと》がいるらしいよ
協調性《きょうちょうせい》も必要《ひつよう》だって言《い》って
はっ…
人殺《ひとごろ》しに協調性《きょうちょうせい》なんていらねーだろ
……
どうした有馬《ありま》たん？
……いや

ふふふ
早速《さっそく》目立《めだ》ってるな
視線《しせん》うぜぇ〜
全員《ぜんいん》ブチ殺《ころ》してやろうか…
まあ…はじめから馴《な》れ合《あ》うつもりもねぇけどなぁ〜
そう
友人《ゆうじん》も恋人《こいびと》も家族《かぞく》も
俺《おれ》には必要《ひつよう》ねぇ〜〜
磨《みが》け…
ただひたすらに

命《いのち》を奪《うば》う術《すべ》だけを
磨《みが》きつづけろ
今回《こんかい》の対象《たいしょう》の資料《しりょう》です
ふ

あぁ〜〜〜
清弦様《せいげんさま》 また隈《くま》が ひどくなって おられる
一体《いったい》どれ程《ほど》 眠《ねむ》れぬ夜《よる》を 過《す》ごして こられたの だろう
陰陽師《おんみょうじ》は ケガレを祓《はら》う 誉《ほま》れ高《たか》き 存在《そんざい》なのに
天若家《我々》は…
一体《いったい》いつまで こんなことを続《つづ》けねば ならないのか…!?

ガサ
ガサ
ふりがな
氏名
ふりがな
連絡先
こいつか
数年前《すうねんまえ》
見極《みきわ》めの儀《ぎ》をパスして
島《しま》へ渡《わた》ってきた
本土生《ほんどう》まれの陰陽師《おんみょうじ》
直近《ちょっきん》のケガレ討伐《ミッション》の際《さい》に
負傷《ふしょう》し
精密検査《せいみつけんさ》を行《おこな》ったところ
呪禁物忌《じゅごんものいみ》に毒《どく》されて
いることが発覚《はっかく》
しかし本人《ほんにん》は
検査《けんさ》の結果《けっか》を待《ま》たず失踪《しっそう》
恐《おそ》らく自身《じしん》の体《からだ》の変化《へんか》に
気付《きづ》いたと思《おも》われる
ちっ
面倒臭《めんどうくせ》ぇ〜〜
逃《に》げたと考《かんが》え
られるのは
本土《ほんど》に残《のこ》してきた
家族《かぞく》の下《もと》……
パラ
パラ
男《おとこ》の名《な》は
音海理士《おとみさとし》

本土《ほんど》に住《す》む音海《おとみ》の家族《かぞく》は二人《ふたり》……父《ちち》・音海善吉《おとみぜんきち》そして
妹《いもうと》・音海紫《おとみゆかり》
♪
♪
あくまで標的《ひょうてき》は音海理士《おとみさとし》一人《ひとり》……だが
もし任務執行《にんむしっこう》の妨《さまた》げになるようであれば
消《け》すも止《や》むなし…
何《なん》にしたって面倒臭《めんどうくせ》え～～～
To be continued

プロローグ

顕微鏡《けんびきょう》から目を離すと、窓の外はすっかり夜の静寂《せいじゃく》に沈んでいた。

「あら、もうこんな時間」

研究室の壁にかけられた時計を見れば、もう日をまたいでしまっている。

夕食のために研究棟の外に出たのが、確か十七時ごろだった。それからプレパラートを覗《のぞ》きこんだり研究経過をまとめたりしているうちに、なんと七時間以上も経過してしまっていたらしい。

何かに熱中すると時間を忘れてしまうのは、私の昔からの悪い癖《くせ》だった。

「またやっちゃったわ……。終電逃《のが》すの、今月でもう五回目だっけ」

Ａ４用紙の束を机の上に放り、ふうっとため息をつく。

ここは鳴神《なるかみ》大学理学部の、生物学研究棟。三階の染色体研究室。

だいたいこのくらいの時間になれば、建物からひとの気配はほとんど消える。他の教授や院生たちは、とっくに帰宅している時刻だ。残っているのは、私のように学会誌用の論文を執筆中の研究者くらいだろう。

何を隠そう、これでも私は、植物生理学の研究者として大学から将来を嘱望《しょくぼう》されている身だったりする。こうして夜遅くまで研究に没頭し、家に帰れなくなることも珍しい話ではないのだ。

「ま、いっか」と呟《つぶや》きながら、大きく背筋を伸ばした。

一日二日帰れなくたって、この研究室で寝ればいい。ここのソファーはなかなか柔らかくて、仮眠には最適なのだし。

二十三歳の独《ひと》り身女が、研究室に寝泊まりしながら、シロツメクサのＤＮＡ研究に没頭している――。私がこういう話を昔の同級生にすると、大抵は「あんたって変わってるよね」という言葉が返ってくる。それで決まって「オトコでも作れば」と続くのだ。「せっかく美人なんだから」とかなんとか、無責任なお世辞を絡めながら。

もちろん私も一応は女子の端《はし》くれだ。恋愛や結婚への興味がないわけではない。

ただ今は、惚《ほ》れた腫《は》れたよりも、植物研究の方が気になってしょうがないだけなのだ。日々変化を続ける植物の生態を把握《はあく》するためには、四六時中顕微鏡のレンズを覗きこんでいる必要がある。そんな生活を送っていると、出会いのチャンスなどどうでもよくなってしまうのである。

「研究が恋人、っていうんじゃダメなのかしら」

何かにひとたび興味を抱《いだ》いてしまったら、それをとことん追究せずにはいられない。そんな性分が、自分を恋愛から遠ざけているのかもしれない――なんて、自己分析らしきものをやってみたりして。

まあ別に、それが悪いことだとは思っていない。人間が百人いれば、百通りの人生があるという。私の人生だって、そのひとつに過ぎないだろう。別に変でもなんでもない。

「本当に変わってるっていうのは、うちの家族みたいなのをいうんだろうし」

くすり、と笑みを零《こぼ》す。

私の父や兄は、とある特殊な職業に就《つ》いている。

たとえば父は、もうだいぶいい年齢であるにもかかわらず私以上に忙しい身である。今夜も町のひとびとを守るために奔走《ほんそう》しているだろうし、朝だって相当早い。娘の外泊を心配する暇もないくらいだろう。

兄に至っては長期出張で家を出て以来、十年近くも顔を見せていなかった。よほどハードな毎日を送っているに違いない。

「私も、負けてられないわね」

トイレで顔でも洗って、もう少しだけ今夜の作業を続けよう。と、椅子《いす》から立ち上がったそのときだ。

部屋の戸口で、ガタリと音がした。

ひとの気配がする。研究室の誰かが、忘れ物でも取りに来たのだろうか。

「え――？」

しかし、予想は外れていた。ドアを開けて入ってきたのは、思いもよらぬ人物だ。

その男性の顔を見て、私は息を呑《の》んだ。

「やあ、久しぶりだね」

懐かしくて優しい微笑《ほほえ》みだった。こうしてそれを見るのは、もうどれくらいぶりになるのだろう。

「お、お兄ちゃん？」

驚きのあまり、昔のままの子供じみた呼称を口に出してしまった。

それがおかしかったのか、「お兄ちゃん」は柔和《にゅうわ》な目を細める。

「ただいま、ゆっこ」

間違いない。兄さんだ。私を「ゆっこ」と呼ぶのは、この世でただひとりきり。理士《さとし》兄さん以外にはありえない。

兄がずっと前に鳴神町《なるかみちょう》を出て以来、久しぶりの再会だった。

穏やかそうな眼差《まなざ》しに、柔和な口元。あまり筋肉質とはいえなかった華奢《きやしや》な肢体《したい》は、少したくましくなったような気がする。

身につけている黒い衣装――確か狩衣《かりぎぬ》という名前の仕事着だ――は、以前よりもくたびれているように見えたけれど。

「どうしたの？　仕事は？」私は首を傾《かし》げた。

兄さんの仕事内容について、私が知っていることは少ない。

勤務先は極秘。勤務内容も極秘。職務上、一般人には口外が禁止されている場所で職務に就いているらしい。それは父の仕事以上に特殊なものらしく、こういう秘匿《ひとく》事項がいくつか設けられているのだそうだ。

一応、当たり障《さわ》りのない近況くらいは手紙でやりとりをしていたのだが……それでも、理士兄さんが近々この町に戻ってくるという話は聞いていなかった。いったいどうしたというのだろう。

そんな私の戸惑《とまど》いを察したのか、兄さんが口を開いた。

「たまたま町に来る用事があったからね。ちょっと寄ってみたんだ」

「こんな真夜中に？」

「ごめん、それは謝るよ。任務が忙しくて、他に時間も取れなくてさ」

理士兄さんが困ったように眉尻《まゆじり》を下げる。その笑顔には、どことなく影が差しているように見えた。

まあ、兄は普段から、命がけの激務をこなしているはずなのだ。疲労が顔に出るのも仕方がないのかもしれない。

兄を傍《そば》に手招きし、椅子を勧める。

「陰陽師《おんみょうじ》って、そんなに忙しいの」

私の問いに、理士兄さんは「まあね」と優しげな笑みを浮かべた。

兄は陰陽師――人に仇《あだ》なす化け物〝ケガレ〟を祓《はら》い清める存在なのだ。

陰陽師とは呪術《じゅじゅつ》を自在に操り、ケガレを屠《ほふ》る、古《いにしえ》より続く厄払《やくばら》いのエキスパートである。

わが家は、代々連なるこの陰陽師の家系なのだ。

私自身はこうして普通の暮らしをしているものの、父も、祖父も、それから曾《そう》祖父も、みな陰陽師としてこの鳴神町を守ってきたという。理士兄さんも例外ではなかったというわけだ。

「全然顔を見せられなくて悪かったね」兄が目を細める。「ここ最近は、ようやく重要なポストを任されるようになってきたからさ。なかなか手が抜けなくなってきたんだよ」

兄さんの言葉に、私は「そうなんだ」と相槌《あいづち》を打つ。

理士兄さんが出張することになったのは、陰陽師を束ねる中央組織にその実力を買われたからしい。兄さんは、うちの家系の中でもかなり優秀な陰陽師なのだそうだ。

このことは、私の密《ひそ》かな自慢だった。陰陽師についてさほど詳しくなくとも、兄が仕事で認められているというのはやはり嬉《うれ》しいものだ。家族として誇《ほこ》らしい気分になる。

「兄さんは昔から無理ばっかりするから。いくら忙しくても、身体《からだ》は労《いたわ》らなきゃ」

そうは言いつつも、自然と頬《ほお》が緩《ゆる》んでしまう。兄さんが忙しい時間の合間を縫《ぬ》って、わざわざ自分に顔を見せようとしてくれた――そのことがとても嬉しかったのである。小さい頃から私は、この優秀で家族思いの兄のことが大好きだったのだ。

「はい、どうぞ」

机の上に、ポットで淹《い》れたハーブティーを出す。

ニコリと微笑みながら、理士兄さんはカップに口をつけた。

「美味《おい》しい。僕の好み、覚えててくれたんだ」

「蜂蜜《はちみつ》入りのローズヒップよ。兄さん、お茶は甘い方が好きだったものね」

兄とお茶を飲みながら談笑する。こういうひとときは、どれくらいぶりだろう。昔は日常の光景だったはずなのに、今ではずいぶん懐かしい。

兄さんが、私の机に置かれていた専門書の山に目を留めた。

「ゆっこも忙しそうだね。こんなに夜遅くまで仕事だなんて」

「うん。今月いっぱいでまとめなきゃならない論文があるから。研究が忙しくて」

「そっか。さすが未来の学者先生って感じだ」兄が苦笑する。「でも、こんなところで寝泊まりを続けるのはどうかと思うよ。女の子なんだから」

さすがは兄さんだ。どうやら、私の生活はすっかり見透《みす》かされているらしい。

「あはは。女の子って。私、もう立派な大人よ？」

「どうかなあ」兄がいたずらっぽく笑う。「僕の中では、ゆっこは小さい頃のイメージが強すぎるからね。好奇心が旺盛《おうせい》過ぎて家族をいつもハラハラさせてた、やんちゃで手がかかる妹って感じ」

やんちゃで手がかかる……そう思われていたとは心外だ。

「そうかなあ。そんなに迷惑をかけたこと、あったかな」

「あったよ。たとえばほら、星火寮《せいかりよう》の倉庫の一件とか」

星火寮の倉庫……そう言われて思い出した。

たしか十歳くらいの頃だっただろうか。私がひとりで父の管理する倉庫に忍びこんで、いろいろとイタズラをやらかしてしまったことがあった。

あの頃は、父の使う陰陽師の道具が妙に面白《おもしろ》そうに見えて仕方がなかったのだ。それでいろいろ探して遊んでいるうちに、父が大事にしていたお札を、つい何枚か破いてしまったのである。

あのときは確か、兄さんが必死で庇《かば》ってくれたおかげで、さほど怒られずに済んだんだっけ……。

「そういう意味では、兄さんには昔からずいぶん迷惑をかけているかも」

「ゆっこは昔から、興味を持ったら一直線というか……行動力が人並み外れていたからね。不安の種は尽きなかったよ」

兄さんが笑いながら肩を竦《すく》める。

「見たところ、ゆっこのそういう部分は今も変わってないみたいだけどね」

それはご指摘の通りだ。興味の対象が、陰陽師から植物に変わっただけ。気になったことをとことん追究したいという性分は昔のままである。

「やっぱり、いくつになっても心配だなあ。お兄ちゃんとしては」

兄さんの手が、優しく私の頭を撫《な》でる。

まるで昔のままの子供扱いだ。それが存外に心地よくて、私はしばらく撫でられるままでいたのだが、

「兄さん？」

ふと、その手が震えていることに気づいた。

理士兄さんはなぜか顔を歪《ゆが》め、片手で左胸を押さえている。顔色が悪い。額《ひたい》に浮いた汗で、前髪がべったりと張りついてしまっていた。

「どうしたの、どこか具合でも悪いの？」

兄さんは応《こた》えない。「ぐううっ」と唸《うな》り声を上げながら、その場に蹲《うずくま》ってしまった。

いったいどうしたというのだろう。とても苦しそうだ。

「兄さん、しっかり――」

私が伸ばした腕を、兄さんがぎゅっとつかんだ。

まるで万力のような握力だ。あまりの痛さに、私は思わず顔をしかめてしまう。

「に、兄さん？」

「うぐ……あああっ……！」

息も絶え絶えに、兄さんが声を漏《も》らす。

その様子は尋常《じんじょう》ではなかった。獣《けもの》のように血走った眼《まなこ》で、私をじっと見つめているのだ。

すごく怖い。ここにいるのは、本当にあの優しい理士兄さんなのだろうか？

「もう……時間切れなのか……!?」

「な……何の話をしているの……!?」

私が聞き返した、その瞬間だった。

兄さんの背後に、真っ黒な何か――影のようなものが見えたのだ。

いつからそこにいたのか。得体の知れない〝それ〟は、音もなく兄の背後に出現していたのである。

ざわりと全身が総毛立つ。背筋を何かが這《は》い上るような、嫌な気配がした。

〝それ〟は、月明かりを背にして、じっと兄を見下ろしている。

「見つけたぜ……」

突然の事態に、私は呼吸をすることさえ忘れてしまっていた。

爛々《らんらん》と光る眼球と、角《つの》と見紛《みまが》う大きな耳。いかめしい隈取《くまど》りに彩られたその形相は、虎《とら》のように見える。虎の顔を持った何かが、そこにいたのだ。

「お面……？」

そうだ。よく見てみれば、あれはお面だ。虎の顔を模したお面だ。

虎の面をつけた人物が、いつの間にか部屋の中に出現していた。

体格からして男性だろう。黒い衣装で全身を覆《おお》った虎面の男が、静かにこちらを見ているのだ。それこそまるで、獲物《えもの》を狙《ねら》う飢《う》えた虎のように。

ごくり、と息を吞む。この状況は普通じゃない。

「なに、なんなの、このひと……」

ドアも窓も、開いた物音は一切しなかった。つい今まで気配すら感じなかったのだ。この男がどうやって部屋に入ってきたのか、まったくわからなかった。

困惑する私にできたことといえば、兄の身体にしがみつくくらいのものだ。

「お、お兄ちゃん――」

「ゆっこ……下がって……いるんだ！」

兄さんがゆっくりと立ち上がる。その表情はやはり苦しそうだ。

「もう〝律《りつ》〟の追手が来たのか……！」

追手、と兄は言った。もしかして、あの虎面の男に心当たりがあるのだろうか。

虎面の男が右腕でこちらを指す。

「腹ぁ括《くく》れぇ～。てめえはもう生きてちゃいけねぇ存在なんだからなぁ～」

突きつけてきた男の腕は、異常な形状をしていた。

獰猛《どうもう》な獣を思わせる、太く黒い腕。あれは手甲《てこう》だろうか。男の二の腕までを覆っている。

手甲の先端部から伸びているのは、金属ともセラミックスとも判断がつかない、不思議な物質で形成された巨大で鋭利《えいり》な爪《つめ》――。それが、窓から射《さ》す月の光を受けて鈍《にぶ》く煌《きら》めいていた。

自分の記憶の引き出しを探る。どこかで似たような物を見たことがあったからだ。

そうだ。あれはおそらく、『呪装《じゅそう》』という代物《しろもの》だ。

以前、父から聞いたことがあった。呪装とは陰陽師がケガレを倒すために用いる武装である。陰陽師は呪力《じゅりょく》というエネルギーを武器に纏《まと》わせることによって、特殊な力を持つ武器へと変えるらしいのだ。

その呪装を身に着けているということはつまり、あの虎面の男も陰陽師だというのだろうか。

黒光りする爪を睨《にら》みつけながら、兄も腰のホルダーに手を伸ばす。

「陰陽呪装《おんみようじゆそう》、怜悧蒼符《れいりそうふ》……！」

取り出したのは難解な文様《もんよう》の描かれた一枚の札――霊符《れいふ》だ。

「彗星砕針《すいせいさいしん》、急急如律令《きゆうきゆうによりつりよう》！」

兄が呪文《じゆもん》のようなものを唱《とな》えると、霊符が青く発光する。

変化はすぐに起こった。兄の手にはいつの間にか、刃渡り一メートルほどの突剣《レイピア》があった。不思議な質感の刀身が、青く煌めいている。あれがおそらく、兄の呪装なのだ。

理士兄さんが呪装を手にしたのを見て、虎面の男は舌打ちをする。「面倒だな」などと呟きながら、爪の先端をこちらに向けた。

兄も、虎面の男も、共に武器を構えて対峙《たいじ》している。

いったいこの状況はどういうことなのだろう。まるでこれから、決闘でも始めようという雰囲気ではないか。

兄が男に向けて、突剣の切っ先を突きつける。

「そう簡単にやれると思うなよ……。暗殺者め……！」

「〝律《りつ》〟を敵に回して生き残れると思っているのかぁ～～？」

「生きることを諦《あきら》めてたまるか！」

理士兄さんが声を荒らげた。

「その結果、大勢の人死にが出るとしてもかぁ～～？」

虎面の男の問いに、理士兄さんがぐっと押し黙る。

事情を知らない私には、彼らが何を言っているのか理解できない。だが、下唇を噛《か》む兄さんの横顔は、とても辛《つら》そうに見えた。何か苦渋《くじゅう》の選択を迫られているような、そんな表情だ。

「そ、それでも」荒い呼吸のまま、兄さんが続けた。「何か元に戻る方法を見つけられるかもしれない。そうすれば陰陽師を続けることも、家族と一緒に暮らすことだって――」

「夢物語だなぁ～～」

虎面の男は吐き捨てるようにそう呟きながら、大きく足を踏みこんだ。

その瞬間、視界から男の姿が消える。あまりの速度に、目で追うことすらできない。

次に気づいたときには、虎面の男は兄に肉薄し、その黒い爪を振りかぶっていたのだ。

「せめて、楽に逝《い》かせてやる……！」

凶悪な黒爪が兄の身体を狙う。

がきん、という鈍い音。

兄さんが「ぐうっ!」と顔をしかめる。しかし、黒い爪はいまだ兄の身体を貫《つらぬ》いてはいなかった。理士兄さんが、爪を剣の鍔《つば》で受け止めたのだ。

「無駄な抵抗ってのがわかんねえのかぁ~~?」

鍔競《ぜ》り合《あ》いをしながらも、虎面の男は飄々《ひょうひょう》とした口調で続けた。

「さっさと諦めた方がまだ楽だぜぇ~~?」

突剣と手甲が何度もぶつかり合い、火花を散らす。私の目で捉《とら》えることができたのは、その青と黒の軌跡《きせき》のみだ。

ふたりが打ち合うたびに、研究室に甲高《かんだか》い音が響《ひび》いた。

試験管が砕け、ガラス棚が倒れ、シャーレの山が崩れる。私の研究していたシロツメクサの標本が、無残に踏み荒らされていく。

「これは、どういうことなの……?」

私には、目の前で繰り広げられている光景がまったく理解できなかった。

ついさっきまでここには、久しぶりに再会した兄との穏やかな時間が流れていたはずだ。

それがなぜか、その兄と謎の男が、殺し合いを演じる場になってしまっている。

まるで夢でも見ているような心境である。私にはただ、壁を背にして、縮こまっていることしかできなかった。これが悪夢なら、早く醒《さ》めてほしいと願いながら。

そのとき一際大きく、がきん、と鈍い音がこだました。

黒い爪が、兄さんの突剣を叩《たた》き折ったのだ。

見れば理士兄さんは、虎面の男の前に膝《ひざ》を屈してしまっていた。

虎面の男は、ただ無言で兄を見下ろしている。あれだけの立ち合いをしたのに、この男は呼吸ひとつ乱してはいないようだった。

兄さんが悔しそうに「くそっ」と頭《こうべ》を垂《た》れる。

「こんなところで……」

ああ、このままじゃダメだ。きっと兄さんは殺されてしまう。

そう思っても、私にはこの状況をどうすることもできない。ただ、ぺたんと床の上で腰を抜かしたまま、茫然《ぼうぜん》と事態の経過を見つめるのが関の山なのだ。

兄さんが私に顔を向ける。その目には、うっすらと涙が溜《た》まっているように見えた。

「ゆっこ、ごめん……。ごめん……」

「に、兄さん……」

虎面の男が「ちっ」と小さく舌打ちをする。

「そういうお涙頂戴《ちょうだい》に付き合う趣味は……ねぇ」

男が腕を振りかぶる。

そこから先は、一瞬の出来事だった。

黒い爪が、理士兄さんの胸を抉《えぐ》った。

肉の潰《つぶ》れるような音がした。

兄さんが何か赤黒いものを吐いた。力なく項垂《うなだ》れ、そのまま動かなくなった。

そこには、一片の慈悲もなかった。

「……いや……！　いやあああっ……！」

動かなくなった理士兄さんを見て、私は慟哭《どうこく》する。大好きだった兄が、目の前で物言わぬ屍《しかばね》になり果てたのだ。理由もわからず、ただただ呆気《あっけ》なく。

これは本当に現実に起こっている出来事なのだろうか。信じられない。信じたくない。

私はぐっと拳《こぶし》を握りしめ、虎面の男を見上げた。

「どうして……どうしてこんなひどいこと……を……！」

胸にこみあげるのは、圧倒的な負の感情だ。

大好きな理士兄さんをこんな目に遭《あ》わせた相手への憎しみ。そして、その相手をこうして睨みつけることしかできない無力感。煮えたぎる溶岩のように感情が胸に渦巻き、熱いものが目の奥から溢《あふ》れ出てくるのを止められなかった。

　そんな私を見下ろしながら、虎面の男が呟く。

「この男は、こうして始末されなければならなかった。それが……〝掟《おきて》〟だぁ～～……」

　淡々とした声色《こわいろ》だ。どこかそれは、この男が自分自身にも言い聞かせるかのような口調にも感じられた。

「掟って……兄さんがいったい何をしたの!?　こんな目に遭わなきゃならないほどの、どんな罪を犯したっていうんですか……!?」

「答える義理はねぇ～～」

「どうして……!」

　身体の奥から溢れそうになるものを抑えこみながら、私は虎の面を睨みつけた。

「お兄ちゃんは優しくて……ぐすっ……小さい頃から私を大切にしてくれて……。こんなふうに殺されていい人間じゃなかった……!」

「そんなことはわかってんだよ」

　嗚咽《おえつ》を漏らす私に、虎面の男が返す。

「音海《おとみ》理士。斑鳩《いかるが》直属の防衛班で小隊を率《ひき》いていた男だ。仲間想《おも》いで、ずいぶん部下に慕われていたらしいな……」

「だったら、なんで、こんなこと」

「経歴なんざ〝呪禁物忌《じゆごんものいみ》〟には関係がねぇ〜〜」

「え……？」

男は応えない。懐《ふところ》から霊符を取り出し、小声で何かを呟いた。それは何かの呪文だったのだろうか。

「とにかく、後始末はさせてもらう」

男の手にした霊符が、炎へと変わった。男の纏う衣の色のような、闇《やみ》色の炎だ。

黒い炎はそのまま、兄さんの亡骸《なきがら》を包んだ。理士兄さんの身体は、じゅうじゅうと溶けるように形が崩れ、蒸発していく。

炎が消えたあとには、消し炭ひとつ残らなかった。髪も骨も衣服も、まるではじめから存在していなかったかのように、煙となって消えてしまった。

「そんな……嫌だ……。こんなの……」

私の頰を、熱い雫《しずく》が伝う。

これでもう、お兄ちゃんはどこにもいなくなってしまった。お茶を褒《ほ》めてくれることも、優しい笑みを浮かべてくれることも、二度となくなってしまったのだ。

大好きな兄との別れが、こんな形で齎《もたら》されるだなんて。昨日までの私に、想像できたはずもない。まるで、自《みずか》らの半身を失ってしまったような感覚だった。心が沈み、胸の中にぽっかりと空洞が生まれる。ただただ、慟哭することしかできなかった。

「次は、お前の番だ」

男が膝を屈《かが》め、私と視線を合わせた。そのまま幼子《おさなご》をあやすような調子で、こちらの頭の上にぽん、と手を置く。どういうつもりなのだろう。

「私も、殺す……の……？」

男の虎面が、私をじっと睨みつけた。

「あんたが望むなら、今すぐここで、あいつのあとを追わせてやってもいいがなぁ〜」

「嫌だって、言ったら？」

「口封じをさせてもらうだけだぁ」

口封じ。なんだろう。拉致《らち》や脅迫《きょうはく》の類《たぐい》だろうか。

私の怯《おび》えを見てとったのか、男が「ふん」と鼻を鳴らす。

「安心しろよ。標的以外に危害を加えるつもりはねえ」

男が霊符を手に、不思議なリズムの言葉を紡《つむ》ぎ始める。

「――あんたりをん、そくめつそく、ぴらりやぴらり、そくめつめい、ざんざんきめい」

陰陽道《おんみょうどう》の呪文だろうか。虎面の男が一言紡ぐたびに、頭の中がぼうっとしてくるような気がする。

「ざんきせい、ざんだりひをん、しかんしきじん、あたらうん、をんぜそ、ざんざんぴらり……」

「な、なに……これ……？」

いったいどうしてしまったのだろう。強い麻酔を打たれたかのように身体が痺《しび》れ、四肢《しし》に力が入らなくなってしまった。耐えられないくらいに瞼《まぶた》が重くなり、ゆっくりと意識が深淵《しんえん》に引きずりこまれていく。

「今夜の出来事は、全部悪い夢だぁ〜〜。兄貴のことも俺のことも、さっさと忘れちまいなぁ」

次第に薄れてゆく視界の中で、私はふと気がついてしまった。

男の虎面が、一部破損している。兄さんと打ち合ううちに割れたのだろうか。よく見れば、左目周辺が露出していたのだ。その目の下には、黒く大きな隈があった。

「どうして……」

私の言葉に、男が「あぁ？」と眉をひそめる。

虎面の隙間《すきま》から覗いた彼の瞳《ひとみ》には、不思議と冷酷さ以外の感情が入り混じっているように思えた。

「どうしてそんなに……悲しい瞳をしているの……？」

しかし、その問いに対する答えを聞くことはできなかった。すぐ次の瞬間、私の意識は暗闇の中へと真っ逆さまに落ちてしまっていたからである。

※

音海紫《ゆかり》が完全に昏睡《こんすい》したのを確認したのち、虎面の男——天若清弦《あまわかせいげん》は彼女の身体を両腕で抱え上げた。

「……変な女だ」

壁際のソファーの上に紫の身体を横たえ、清弦はため息をつく。

寝息のリズムは安定していた。どうやら催眠呪術は成功したようだ。

「ワケのわからねえことを言いやがって……。どうせもう、覚えてねえだろうがなぁ〜〜」

彼女が目覚めたときには、もはや今夜の出来事は記憶から消えているだろう。清弦のことはおろか、兄がこの場を訪れたことさえ覚えていないはずだ。

音海理士の死はいずれ、任務中の殉職《じゅんしょく》として伝えられることになる。〝島〟の陰陽師にはよくある死に方だ。

そうやって、目撃者は最初からいなかったことにする。一片の証拠も残さぬのが、〝律《りっ》〟のやり方なのである。

もちろん標的との格闘の際に散らかった室内も、可能な限り元通りに整える必要がある。破損した器具を始末したり、血痕《けっこん》を処理したり、何事もなかったかのように装う。〝律《りっ》〟には、そういった事後処理を専門とする処理工作班も存在しているのだ。

室内でしばらく待機したあと、やってきた工作班にあとを任せ、清弦は研究棟を離れることにした。

大学の中庭を通り、裏門へ。

人気《ひとけ》のない深夜のキャンパスに響くのは、己《おのれ》の足音だけだ。

闇に紛《まぎ》れて特務に従事する清弦にとって、こうした静寂は都合がいいはずだった。普段ならば心地よさすら覚えていただろう。

しかし、今晩に限っては、どうしても気分は晴れなかった。

「俺が〝悲しい〟だと……?」

清弦の耳に残るのは、先ほど音海紫に告げられた言葉だ。

偶然現場に居合わせただけの、何も知らない一般人。なのに、随分《ずいぶん》と知った風な口をきくものだ。そのことが、無性に癇《かん》に障るのである。

――〝呪禁物忌《じゅごんものいみ》〟の厄介《やっかい》さも知らずに、言いたいこと言いやがって。

大学の敷地から出ると、闇の隅から人影が現れ自分に声をかける。

「……終わった……かの？」

振り向くと、壮年の男がそこにいた。

丸い眼鏡《めがね》をかけた、口髭《ひげ》の男だ。その髭も長い髪にも、だいぶ白いものが混じっている。

この男が、今しがた始末したばかりの標的――音海理士と似た顔立ちをしているのは当然だろう。なにせ、実の父親なのだ。

音海善吉《ぜんきち》。関東総覇《かんとうそうは》陰陽《おんみよう》連鳴神《れんなるかみ》支部の長《おさ》にして、此度《こたび》の関係者の一人である。この男から得た情報によって、清弦は標的がこの大学を訪れることを知ったのである。

善吉の度の強い眼鏡の下には、これ以上もなく沈痛な面持《おもも》ちが窺《うかが》えた。

「あれは……息子は、陰陽師として死ねたのか……。それとも……」

「……はっ……陰陽師の理想からは全然かけ離れた最期だぁ～。俺にこんな手間ぁ取らせて、最悪無関係の人間たちまで巻きこむところだったんだ……。迷惑以外の何ものでもねえなぁ～」

吐き捨てるように、清弦は続けた。

「あんたの息子は陰陽師としての使命も正義も捨てた、ただのひとりの人間だぁ～」

「そ……そうか……そうじゃなぁ……」

清弦の言葉に、善吉は「ううっ」と目頭《めがしら》を押さえる。

音海理士が〝律《りつ》〟の標的に認定されたことを伝えられたとき、善吉はひどい動揺を見せた。地面に伏して「どうか息子の命だけは」と懇願《こんがん》すらしたのだ。

それでも激しい葛藤《かっとう》の末に、彼は陰陽連の人間であることを選んだ。〝島〟から逃げた息子が向かいそうな場所を、清弦に伝えたのである。

それがいったいどれほどの辛さなのか、子供を持った経験のない清弦には想像もつかないことだったのだが。

善吉は眼鏡を外し、目元を拭《ぬぐ》う。

本来ならば〝律《りつ》〟の執行者が、〝呪禁物忌《じゆごんものいみ》〟の遺族に事情を伝えることはない。〝呪禁物《じゆごんもの》忌《いみ》〟は、闇から闇へと葬《ほうむ》られるべきもの。公式には存在してはならないからだ。

しかし、この音海善吉の場合は事情が違う。支部をまとめる立場にあり、息子の身に起きた悲劇を知っておく権利があった。

つまり音海善吉は、なまじ中央に近い分、悲劇の真相を知ることになってしまったというわけだ。

皮肉なものだな、と清弦は思う。これなら、何も知らない方が幸せだったのではないか。

「──ただの人間として生にしがみつき……」

清弦の呟きに、善吉は怪訝《けげん》な表情で顔を上げた。

「ただの人間として家族を想い、ただの人間として死んで人の心に残る……。陰陽師《俺たち》なんかよりずっと……よっぽど幸せだけどなぁ～～……」

「……かたじけない」善吉が嗚咽をこらえつつ、頭を下げる。「息子の始末を引き受けていただき……感謝致します」

「やめろぉ～～。礼を言われることなんざ何ひとつしちゃいねぇ～～」

死んだ息子のために涙を流す善吉の姿を見て、清弦はふっと息をつく。

自分は、その息子を殺した人間なのだ。逆恨みされても文句は言えない。なのに、「感謝します」などと言われてしまうのは拍子抜けだった。

「あんたの娘の記憶だって、こっちの都合で勝手に封じたんだ」

「いや……あの子のためを思えば、その方が幸せじゃろう……」

この父親にせよ先ほどの妹にせよ、お互いを想い合っているということが如実《にょじつ》に伝わってくる。彼らはよほど仲のいい家族だったに違いない。

まさに、胸やけがしそうなほどの家族愛だ。天若の家《じぶん》とは、まるで違う。

虎面の下で、清弦がぼそりと呟いた。

「これが、あるべき家族の姿じゃねえのか…………」

善吉が眼鏡をかけ直しながら、「え？」と聞き返す。

「いや、なんでもねえよ」

吐き捨てるように言って、清弦は歩き出した。

ここは自分のような人間がいていい場所ではない。陽《ひ》の当たらない世界で生きる者は、まともな人間と関わるべきではないのだ。

初夏の湿った空気を切り裂きながら、清弦は夜の闇にその身を溶けこませるのだった。

第《だい》一章《しょう》

朽《く》ち果てた廃墟《はいきょ》と、不毛な荒野がどこまでも広がる大地、禍野《まがの》。

現実とは位相を異にするこの空間は、異形の怪物、ケガレが闊歩《かっぽ》する魔性《ましょう》の地である。

特にこの〝島〟——土御門島《つちみかどじま》の禍野は、本土のそれよりも数段濃い瘴気《しょうき》を帯びていた。

なにしろ土御門島は、千年にも及ぶ陰陽師《おんみょうじ》とケガレの戦争の中心地なのだ。当然、島の禍野を根城にするケガレたちも、本土に棲息《せいそく》するものとは比べ物にならないくらいに強力である。精鋭の陰陽師たちといえども、油断できる相手ではない。

陰陽師とケガレの戦いは、この千年間、一進一退を繰り返している。

土御門島の陰陽師には、禍野からのケガレの侵攻を防ぎ、同時に戦線を拡大していくことが使命として課せられているのだ。

それはもちろん、天若清弦《あまわかせいげん》であっても同じことだった。

ここは発見されたばかりの禍野の〝新層〟。

鳴神町《なるかみちょう》での特務から帰還して間もない清弦もまた、新層に拠点を確保するための任務《クエスト》に従事していたのだった。

「相変わらず、辛気臭《くせ》ぇ雰囲気だなぁ〜〜」

清弦が、周囲を睥睨《へいげい》する。

ゲヒャハハハハ、ガヒャハハハハ——周囲には、奇怪な笑い声を上げる巨大な化け物たちが次々と集まってきていた。人間の形に近い個体もいれば、動物や昆虫《こんちゅう》のような姿をしているものもいる。いずれも腹部に九字法印《ドーマン》が刻まれた化け物、ケガレたちだ。

「亡者共《もうじゃ》が……」

清弦は、瞬時に敵戦力を分析する。

般若種《ハンニャ》上位に属するケガレが十五体、蛇種《ジャ》に属するケガレが三体。並みの陰陽師であれば、ひとりで相手をするのは難しい量だ。通常ならば中隊規模の戦力が必要となる場面である。おそらく集団で清弦を囲んで、嬲《なぶ》り殺しにするつもりなのだろう。

しかし、清弦は眉《まゆ》ひとつ動かすことはなかった。

「邪爪顕符《じゃそうげんぷ》。黒煉手甲《こくれんしゅこう》。急急如律令《きゅうきゅうにょりつりょう》」

慣れ親しんだ呪文《じゅもん》を呟《つぶや》き、右腕に呪装《じゅそう》を施す。この程度のケガレが相手ならば、防御や補助のための連装を行うまでもないだろう。

清弦は地面を蹴《け》り、手近な蛇種へと飛びかかる。黒煉手甲の爪《つめ》がその腹を抉《えぐ》り抜くまで、一秒とかからなかった。

「はっ!!」

清弦が腕を振るうたびに、ケガレが断末魔の声を上げる。

二体、三体、四体――。清弦を囲んでいたケガレたちは、反撃の暇《いとま》すら与えられずに次々と倒されていくのだ。あまりの速度に、黒い爪に切り裂かれたことを知覚できていないのだろう。たとえケガレがこの二倍の群れで襲《おそ》おうとも、清弦には傷ひとつつけることもできまい。

まさに峻烈《しゅんれつ》にして華麗《かれい》。清弦の戦いぶりは、本土の一般陰陽師が見れば目を奪われるほどに圧倒的なものだった。

「でやあっ!!」

切り裂いた蛇種には目もくれず、瞬《また》く間に次の標的を仕留めにかかる。清弦の機械のように正確な戦闘は、周囲のケガレの群れを畏怖《いふ》させるには十分なものだった。退却を図《はか》る個体も少なくはない。

それも当然だろう。天若清弦は、陰陽連《おんみようれん》最高クラスの陰陽師〝十二天将《じゆうにてんしよう》〟のひとり――『白虎《びやつこ》』を継承した人間なのだから。

しかし、どれだけ技巧《ぎこう》的な戦闘を繰り広げていようとも、清弦当人の心境は一向に晴れる気配がなかった。

「くそ……何でこんなに苛《いら》つくんだぁ～～……!」

ケガレを次々と屠《ほふ》りながら、清弦が毒づいた。

心の靄《もや》が晴れない原因は、ひとつしか思いつかない。数週間前の〝律《りつ》〟の特務――鳴神町の一件である。あのとき現場に居合わせた女に言われた言葉を、清弦はどうしても脳裏《のうり》から拭《ぬぐ》い去ることができなかったのだった。

――どうしてそんなに……悲しい瞳《ひとみ》をしているの……？

幼い頃から〝律《りつ》〟の特務は、天若家の誇《ほこ》りだと教えられてきた。自分が納得しているかどうかなどは二の次。異端者の始末は、天若の家に生まれた者としての義務であり、掟《おきて》なのだ。そこに疑いを差しはさんではいけないものだったのである。

なのにあの女は、そんな掟に縛《しば》られた清弦を「悲しそう」だと評した。兄の仇《かたき》であるはずの清弦に、憐《あわ》れみの目を向けたのだ。

なぜかそのことが、ずっと心に引っかかっている。喉《のど》の奥に刺さった小骨のごとく、この数週間、清弦を苛立たせているのだった。

もちろんこれまでだって、標的の遺族が現場に居合わせたことはある。しかし、そういう連中は清弦に怒りをぶつけようとするか、そうでなければ、悲しみに打ちひしがれるかのどちらかの反応しか見せなかった。

清弦に憐れみの目を向けたのは、あの女が初めてだったのである。

「八……九……十四目……！」

怒りをぶつけるかのように、黒煉手甲を闇雲《やみくも》に振り回す。せめてケガレの悲鳴でも聞いていなければ、これまでの自分を支えてきたものが崩れてしまいそうだったからだ。

早くあの女の顔を、声を、言葉を、自分の中から消し去らなければならない。

〝あの男〟だって常日頃から言っているではないか。白虎を継承した者が、この程度のことで迷いを覚えてはならないと――。

そのとき、無我夢中で呪装を振り回していた清弦に、背後から怒声《どせい》が浴びせかけられる。

「馬鹿《ばか》野郎っ！　前に出過ぎだぞ、清弦！」

その叫びで、ふと我に返る。

すぐ左に敵の気配。巨大な鬼の姿を持つケガレ――真蛇種《シンジャ》が、その巨木のような腕を振り上げていたのである。

脅威度《リスク》Aともなれば、ケガレも強力な個性を持ち始める。おそらくこの真蛇種は擬態や隠密《おんみつ》の能力に特化した個体だったのだろう。清弦でさえ、こんな至近距離まで接近していることに気がつかなかったほどなのだから。

「ぐっ……!?」

咄嗟《とっさ》に対応しようとするも、もはや真蛇の一撃を防ぐことはできなかった。薙《な》ぎ払うように振るわれた豪腕《ごうわん》が、清弦の胴体を軽々と弾《はじ》き飛ばす。

巨大な鉄塊《てつかい》が衝突したかのような衝撃だった。清弦の身体《からだ》は地面をバウンドするように転がり、地面から突き出た瓦礫《がれき》の壁に激突する。

「この野郎っ……！」

霞《かす》む視界。口元から零《こぼ》れる血。清弦はようやく痛みを知覚する。何本かあばら骨が折れてしまったようだ。内臓《ないぞう》に突き刺さらなかっただけマシかもしれないが、戦闘力の低下は否《いな》めない。集中力が途切れて、呪装も解除されてしまった。

「なんだこのザマは……」

痛みをこらえながら、なんとか立ち上がる。

さて、この状況からどうやってあのケガレを倒したものか――。思案を巡らす清弦だったが、すぐにその必要がないことに気がついた。

シギャアアアアア――というケガレの最期《さいご》の咆哮《ほうこう》が聞こえてくる。

清弦を吹き飛ばした真蛇は、同行者たちの手によって呆気《あっけ》なく祓《はら》われてしまっていたのだった。巨体が地に伏し、大地が震える。

そもそも、油断さえしなければ清弦ひとりでも十分に倒せる相手だったのだ。彼らならば、まず遅れを取ることはないだろう。

霧消《むしょう》していくケガレをしり目に、ふたりの同行者がこちらにやってくる。

「うおおい、清弦！ 大丈夫かあ!?」

「どうしたんだ清弦たん。普段のお前らしくもない」

筋骨隆々《きんこつりゅうりゅう》、浅黒い肌をした背の高い青年と、それとは対照的な、理知的な佇《たたず》まいをした細面《ほそおもて》の青年だ。

五百蔵《いおろい》鳴海《なるみ》と、嘶《いななき》新《あらた》――清弦の〝アカデミー〟時代からの腐《くさ》れ縁《えん》のふたりである。立場上清弦が彼らを友人と認めたことはないのだが。

清弦が禍野の攻略任務に従事する際には、彼らと同行することが多い。付き合いも長く、戦闘の呼吸も熟知している同士だからだ。

痛む胸部を押さえながら、清弦は彼らを迎える。

「てめえらに助けられるとはなぁ～～」

「はっはっは！　気にするな！」鳴海が白い歯を見せて笑う。「俺たちの仲だろうが。貸し借りはなしだ！」

鳴海の大きな手が、バンバンと清弦の肩を叩《たた》く。止《とど》めを刺さんばかりの威力に、清弦が「痛《いて》えんだよ」と眉をひそめてもおかまいなしである。鳴海のこういう無神経な性格は、昔から何も変わらない。

新が口を開く。

「それより清弦たん、身体は無事なのか」

「別になんてことはねぇ～～。……つうか、その呼び方やめろって言っててんだろうがぁ～～！」

「だが、鎧包業羅《がいほうごうら》も呪装せずに直撃を受けたのだろう？　肉体に相当のダメージが残っているはずだ。無理はするなよ、清弦たん」

新が頑《がん》として「たん」付け呼称を改めないのも、初対面から変わらない部分である。本人曰《いわ》く、本土ではポピュラーな呼称らしいが、どうも小馬鹿《こばか》にされている気がする。

鳴海が「しかし」と肩を竦《すく》める。

「〝白虎〟の清弦ともあろう者が、真蛇ごときに後《おく》れを取るとはなぁ」

「うるせえなぁ～～」

「油断しすぎだ」新が淡々《たんたん》と呟く。「そもそも未開の新層で、ひとりで戦おうとする方が間違っている。十二天将とはいえ、白虎の力を百パーセント扱えていないのだからな」

鳴海が「そりゃそうだ」と頷《うなず》く。

「でもわからんよなあ。清弦ほどの手練《てだ》れが、なんで力を使えきれないんだ？　たしか、先代から引き継いでもう随分経《ずいぶんた》つはずだよな」

鳴海の疑問を、清弦は「知らねえよ」とあしらう。

そうなのだ。天若清弦は形式上、白虎の名と霊符《れいふ》『獣爪顕符《じゅうそうげんぷ》』を継承してはいる。しかし、どういうわけか、それを呪装するには至っていない。実力不足なのか、他に何か理由があるのか――ともかく白虎の霊符は、うんともすんとも反応しないのである。

いかに安倍晴明《あべのせいめい》の時代から受け継がれる強力無比な式神《しきがみ》といえども、戦闘で使えないのであれば意味はない。一応、霊符自体は懐《ふところ》に常備しているものの、完全な宝の持ち腐れだった。

だから清弦は、天若の手で生み出された霊符を代用しているのだ。それが、白虎を模して造られたこの黒い爪――『邪爪顕符《じゃそうげんぷ》』黒煉手甲《こくれんしゅこう》だった。

「量産型の霊符で戦う十二天将ってのも、珍しい話だよな」

茶化すように鳴海が言う。

「そもそも俺は十二天将を名乗った覚えはねぇ～」

「清弦たんはよくても家の連中《大人》は認めないだろう」新が表情を変えずに続ける。「自らを十二天将と自称しているかどうかは些末《さまつ》なことだ。どのような形であれ、島で十二天将と呼ばれる者が、戦闘中うわの空で戦って手傷を負わされたという事実の方が問題だな」

痛いところを突かれ、清弦は押し黙るしかなかった。昔からこの新という男は、寡黙《かもく》に見えて、意外に辛辣《しんらつ》な言葉を吐く男なのである。

「何か気がかりなことでもあるのか？」

「そうだぜ」と鳴海も笑う。「お前の事情はわかってるつもりだ。悩んでるんならなんでも話せよ。親友だろ?」

親友——。その言葉に清弦は少なからず戸惑《とまど》いを覚える。

昔からそうなのだ。この連中は、〝律《りつ》〟や天若家に対する偏見《へんけん》をまるで気にしていない。他の陰陽師連中のように清弦を遠巻きにして畏怖するようなことはせず、実に気安く、同年代の対等な友人として接してくるのである。

物好きというかなんというか。変わったやつらだな——と清弦は思っている。

とはいえ、「先日の特務で出会った女の言葉が気になって仕方がない」などとは言えない。言ったら最後、「気になる女がいるのか」などと面白《おもしろ》おかしく曲解され、酒の肴《さかな》にされてしまうだろう。

そうでなくとも〝律《りつ》〟の特務は極秘なのだ。二人が自分の生い立ちを知っているとはいえ、みだりに口に出すものではない。

「別に、何もねえよ」

「まあ兎《と》にも角《かく》にも、まずはその傷の手当てをするべきだな」新が言う。

鳴海が「よし」と、清弦の肩に手を回しながら、

「それじゃあ、俺が肩を貸してやるよ」

「やめろ。気色悪《わり》ぃ〜〜」

「ははは！　遠慮するな！　お前もたまには素直に友人を頼れ！」

鳴海にがっちりと肩をロックされてしまい、逃げられそうにもなかった。

本当にお節介《せっかい》な連中だ、こいつらは。

※

鳴海と新に連れられ、清弦は陰陽連本部庁舎へと帰還する。

医局にて治療呪術《じゅじゅつ》による手当てを受けたのだが、思ったよりも怪我《けが》の程度はひどかったらしい。骨折が完全に治癒《ちゆ》するまでの数週間、清弦は前線での戦闘を差し控えるようにと厳命されてしまったのである。

庁舎内部の廊下を進みながら、清弦はひとりごちる。

「気が緩《ゆる》んでいた、か……」

ケガレとの戦闘中に他のことに気を取られ、重傷を負う。

任務《クエスト》こそ達成できたものの、お粗末な結果だった。鳴海と新がいなければ、命を落としていたかもしれない。十二天将としてはあるまじき失態である。

なるべくなら天若本家の連中には知られたくないことだった。特に、あのクソ親父《おやじ》に知られたら、どんな罵詈《ばり》雑言《ぞうごん》を吐かれるかわからない。

しばらく本家には近寄らないようにするのが吉だろう。

そんなことを考えていたとき、ふと、その足が止まる。

視線の向こうに見知った顔を見つけてしまったからだ。それも、今一番会いたくない人物の顔を。

本当に今日は厄日《やくび》だ――と、清弦は顔をしかめる。

その男は、清弦に気づくと、いかめしい顔をさらに険しくした。

「話は聞いたぞ。この恥さらしめが」

白髪交じりの長い髪を背中で結んだ、鋭い目つきの男である。身に纏《まと》うのは不吉な黒色の和装。細身の老体のくせに、その全身には峻厳《しゅんげん》な威圧感を帯びている。

自分とそっくりなその顔を見るたびに、清弦はいつも胸糞《むなくそ》が悪くなるのだ。

「……クソ親父かぁ〜〜」

現・天若家当主。天若止弦《しげん》。清弦の実の父親であった。

おそらく、上層部での会議にでも出席していたのだろう。この場で顔を合わせてしまうとは、不運の極みである。

「弛《たる》んでおる」止弦が重々しく口を開いた。「曲がりなりにも十二天将たる貴様が、雑魚《ざこ》との戦いで後れを取るとは。しかもあまつさえ、その雑魚を祓うのに他人の手を借りるなど。天若の名が泣いておるわ」

「……そいつは悪かったなぁ〜〜」

清弦は、それ以上あえて何も言い返さない。この父親に反抗してみせたとしても、聞き流されるだけだ。それは長年の経験でわかっていた。

無視して足早に通り抜けようとしたのだが、

「やはり貴様のような半端者に白虎の名を継承させたのが間違いだったのだ」

そんな止弦の言葉に、清弦はつい足を止めてしまった。

「ああ?」

「そもそも貴様は、先代様から直接白虎を受け継いだわけではない。その証拠に、貴様はいまだに白虎の力を扱えてはおらぬ」

確かに止弦の言う通り、清弦が白虎を継承する際にはイレギュラーな事情があった。

先代白虎である清弦の祖父——天若孤弦《こげん》がこの世を去ったのは四年前のこと。

本来ならば孤弦の息子である止弦が白虎を継承するはずだったのだが、孤弦はどういうわけか最後までそれを許さなかった。

孤弦の死後、白虎の遣《つか》い手《て》が不在であることに困り果てていた天若家だったが、そこで思いもかけない事態が起こる。当時十六歳だった清弦が、偶然、白虎の霊符『獣爪顕符』に触れ、それをわずかに反応させたのだ。

十二天将〝白虎〟の席を不在にするくらいなら、未熟とはいえ息子を担《かつ》ぎ上げておいた方がまだ面目が立つ——当時の天若家の重鎮《じゅうちん》たちはそう考え、急遽《きゅうきょ》、まだ少年だった清弦を白虎の継承者と形式的に認めることにしたのだ。

そのことを指して止弦は清弦を「半端者」だと言っているのだろう。

「先代以来、白虎を完全な形で呪装できた者はおらぬ。儂《わし》でさえ無理だったものが、心技体とも未熟な貴様に扱えるはずがない」

「俺が未熟だとぉ〜〜……?」

もちろん清弦自身も、自分が未熟であることは十二分に理解している。

四年前、白虎を継承したにもかかわらず、陰陽連の継承式典を当日になってすっぽかしたのも、そういう理由からだ。当然そのときも、継承式典が陰陽連にとって大変に重要な意味を持ち、すっぽかすなど言語道断《ごんごどうだん》であることは認識していた。だが、そんな場だからこそ、未熟な人間には不釣《つ》り合いだと判断したのである。

その結果として清弦は『陰陽連始まって以来の狼藉《ろうぜき》』『天若の後継者はうつけ者』と上

層部に評されることになり、この父親との関係もさらに険悪なものになったのだが――自分では、間違ったことをしたつもりはない。

天若清弦が十二天将として未熟であることは、誰より清弦自身が知っているのだ。

止弦の冷たい眼差《まなざ》しが、清弦をその場に縫《ぬ》いとめる。

「儂の目を誤魔化《ごまか》せると思うな。今も貴様は、心に迷いを抱えているではないか」

迷い。父の言うその言葉を、清弦は即座に否定することができなかった。

自分は確かに、鳴神町で出会ったあの女の言葉に動揺してしまっている。悲しそう、というあの言葉に、自分の執行者としての信念を揺るがされてしまっていた。

それは、〝律《りつ》〟に属する人間としてはあるまじきことではないのか。

「迷いなど捨てろ。それができぬ限り、貴様は〝律《りつ》〟としても『十二天将』としても半端者であり続けるのだ」

「だから迷わず標的を……同胞《どうほう》を殺せって言いたいわけか？」

「敵対的同胞は、もはや同胞ではない。異端者だ。それらを速《すみ》やかに排除することこそが、我ら天若の――〝律《りつ》〟の使命なのだからな」

止弦が大仰《おおぎょう》に頷いてみせた。

〝律《りつ》〟は、陰陽連の暗部。汚れ仕事を請け負う組織だ。

その目的は、島にとって不都合な人物を排除すること。陰陽道《おんみようどう》を悪用しようとする者、果てぬ戦いの日々に自棄《やけ》を起こし、犯罪に手を染めようとする者、陰陽連の敷く政治にとって邪魔《じやま》になりうる者。あるいは〝呪禁物忌《じゆごんものいみ》〟のように、とある事情から生存が許されなくなった者——そういった異端者たちが、〝律《りつ》〟の標的なのである。

つまり〝律《りつ》〟は、同胞の暗殺のために特殊な訓練を積んだ、陰陽師の暗殺集団なのだ。構成員は、全《すべ》て天若家の一族。むしろ天若家こそが〝律《りつ》〟そのものだと言っていいだろう。天若に生まれた人間は全て、〝律《りつ》〟の執行者としての訓練を受けることになるからだ。

天若家がなんらかの理由で島民の処分を行っていることは、島の人間たちもなんとなく察してはいる。天若家が「同胞殺し」と揶揄《やゆ》されているのはそのためである。

もっとも現在の〝律《りつ》〟の長《おさ》——この天若止弦は、「同胞殺し」の異名もむしろ褒《ほ》め言葉くらいにしか思っていないようだが。

「『異端者に容赦《ようしや》はいらない。標的は、たとえ家族でも全て殺せ』……あんたは昔からそうだったなぁ～～」

「……ふん、貴様、まだ十五年前のことを引きずっているのか」

「なかったことにできると本気で思ってんのかぁ～～!?」

憤《いきどお》りは当然だった。この男との間に決定的な亀裂《きれつ》が生まれたのは、あの出来事がきっかけだったのだから。

「だから貴様は未熟だというのだ」それだけ言って、止弦は背を向けた。「甘えを捨てろ。非情に徹しろ。貴様は何も考えず、任務をこなしていればいいのだ。それが天若の掟なのだからな」

反論など許さぬ、と、その背中が語っている。この尊大極まる態度が、清弦は昔から大嫌いだった。

「なんでもかんでも自分の思い通りになると思ってんじゃねぇぞぉ〜〜!!」

「貴様の意思など問うてはおらぬ。儂は『迷いを捨てろ』と言った。それだけだ。血に飢《う》えた若虎《わかとら》のごとく、獲物《えもの》を食いちぎることだけを考えろ」

対話ですらなく、ただの一方的な意思の押しつけ。

これが天若家の親子関係だった。

※

任務用の霊符を補充するため、清弦は本部庁舎の地下にある倉庫フロアを訪れていた。

止弦との邂逅《かいこう》を経《へ》て、気分は最悪の一言である。この苛立《いらだ》ちを紛《まぎ》らわせるにはどうするべきなのか。誰もいない倉庫でひとり、清弦は感情を持て余していた。

「クソジジイがぁ……」

天若の後継者として相応《ふさわ》しい人間となれ――。清弦が物心ついた頃から、あの父親に何度も言われてきた言葉である。

そのために幼い清弦に課された修行は、苛烈《かれつ》なものだった。

呪力《じゅりょく》を高めるために身体を極限まで痛めつけられたり。ろくな霊符も持たされないまま禍野に放りこまれたり。

口答えをしたら、即、懲罰房《ちょうばつぼう》行きだ。何日もまともな食事を与えられず、暗闇の中で過ごすことになるのだ。

親が子に対して行う教育ではなかったと思う。あの父親は「たとえ肉親だろうと使い物にならないならそれまで」だとでも考えていたのかもしれない。結果としてそれなりの実力を身につけられたとはいえ、あの父親に感謝する気には到底なれなかった。

思い出したくもないことを思い出してしまい、「ちっ」と舌打ちをする。

だだっ広い倉庫には、ダンボール箱がいくつも積み上げられていた。本土から届いたばかりのものだろう。戦闘用の備品以外にも、ここにはだいたい月一くらいの間隔で、生活用品やら雑貨やらが送られてくるのだ。

ふと、壁際にぽつんと置かれていたダンボール箱が目に留まる。百センチ四方の大きな箱だった。

清弦は、それをおもむろに蹴り上げる。

箱に足が当たったその瞬間、

「きゃあっ!!」

変な声が響《ひび》いた。

何だ今のは。女の悲鳴?

誰かが来たのかと、辺《あた》りを見回す。

いや、誰もいない。倉庫にいるのは清弦ひとりだ。

もう一度、目の前のダンボール箱を見つめる。何か怪しい。

試しに、その側面に再び蹴りを加えてみることにした。

「ひゃわあ!」

今度こそ聞き間違いではない。今の声は、明らかにこの箱の中から聞こえてきた。

訝《いぶか》しみつつ、箱を観察する。特に外形上不審な点はない。

清弦はゆっくりと、その上蓋《うわぶた》を開いてみることにした。

「…………」

目が合った。箱の中に入っていたのは、人間の女性だ。

「あ……。どうも」

箱の女が、ぺこり、と頭を下げる。

長いまつげに桜色の頰《ほお》。ふんわりと艶《つや》やかな髪が印象的な女性だった。

思わず目を見開く。

ひとりの人間が必要物資の箱の中に入っている時点で驚愕《きょうがく》なのだが、それよりも清弦を驚かせたのは、彼女が忘れたくても忘れられない顔をしていたことだった。

そう。この数週間、頭の中で清弦を苛《さいな》み続けてきた、あの女——。

「バ……バレちゃいましたか。実は私、密航者なんです」

音海《おとみ》紫《ゆかり》は目を細めながら、冗談っぽく舌を出してみせた。

第《だい》二章《しょう》

「ふうん……密航者ねえ」

清弦《せいげん》の報告を聞きながら、有馬《ありま》が興味深く頷《うなず》いている。

ここは本庁内部にある、彼の執務室だ。洒脱《しゃだつ》なデザインのデスクに肘《ひじ》をつき、有馬はその密航者――音海紫《おとみゆかり》をしげしげと観察していた。

「ダンボール箱に入って？　連絡船の物資に潜《ひそ》んで？　いやはや、とんでもないことする女の子だねえ。まるでスパイ映画じゃない」

「いえいえ、それほどでもー」

音海紫が手を振って謙遜《けんそん》している。

柔らかそうな長い髪に、瑞々《みずみず》しい白い肌。健康的で女性らしい肢体《したい》を包むのは、シンプルで品のいいチュニックだ。一見すれば、避暑地にやってきた良家の淑女《しゅくじょ》、といったルックスである。とても密航者には見えない。

「いつバレるかって、ハラハラしていました。思いのほか早くバレてしまって、ちょっとショックです」

紫は、この部屋に連れてこられてから一切その笑顔を崩していなかった。自分が密航者だという自覚がないのか。それとも、とんでもなく面《つら》の皮が厚い女なのか。

彼女は平然とにこにこ笑いながら、部屋の中を興味深く見回しているだけである。

あの夜、兄の最期《さいご》を目《ま》の当たりにした際の悲愴《ひそう》な感情は、そのにこやかな表情からはまったく見受けられなかった。

清弦は有馬のデスクに近寄り、その耳元で口を開く。

「――でぇ、どうすんだぁ～～？」

「どうする、とは？」

「決まってんだろ。この女のことだぁ～～」

「ふむ」

土御門島《つちみかどじま》は、一般人には秘匿《ひとく》扱いの島である。ここに密航してきた以上は、それ相応の処置が必要となる。この男なら、言わずともそのくらいは了解しているはずだろう。

眼鏡《めがね》の奥の切れ長の目を細め、有馬は口の端を歪《ゆが》めた。

土御門有馬。この男もまた、清弦にとってはアカデミー時代の同級生である。

この男は陰陽師《おんみようじ》としてもかなり優秀な部類に入るはずなのだが、立場上、こうして本庁で執務をしていることが多い。

なにせ土御門家は代々、総覇《そうは》陰陽連《おんみようれん》の中枢《ちゅうすう》を成す家柄なのである。この男の父・土御門晴海《せいかい》に至っては全《すべ》ての陰陽師を束ねる陰陽頭《おんみようのかみ》であり、有馬本人もそれを補佐する立場にいる。おそらく遠からず、この男も父のあとを継ぐに違いない。

つまりこの飄々《ひょうひょう》とした男は、未来の陰陽頭と目されているすごい人間だったりするのだ。

そして有馬は当然、天若家《あまわか》に任されている裏の仕事についても熟知している。だからこそ清弦は、音海紫を発見したあと、内々にこの男の執務室に連れてきたというわけだ。

長い髪をかきあげながら、有馬が呟く《つぶや》。

「鳴神町《なるかみちょう》での特務の際に君が施した催眠呪術《じゅじゅつ》……あれはきちんと効果を発揮しているんだろう？」

「様子を見ている限り、催眠が解けた気配はねぇ～」

そうだ。普通に考えれば、自分の目の前で兄を殺された女が、こんなに能天気に笑っていられるはずもない。記憶の処理は完璧《かんぺき》に効果を発揮しているはずだ。

「う一ん。だったら別に、改めて処理をする必要もないんじゃないのかな」

清弦は「はあ？」と眉《まゆ》をひそめる。

有馬はそれをよそに、紫に向かってにこりと微笑《ほほえ》みかけた。

「ええと、紫さんだっけ？　なんでこの島に来たの？」

「はい。私、植物の研究をしているんです」

紫はなぜか、とても楽しいことでも語り始めるかのように目を細める。

「大学の調査の結果、なんとですね。このあたりの環境が、世界的にも珍しいものだということがわかったんですよ」

「ほほう。それでそれで？」有馬もなぜか楽しそうだ。

「無人島でもあれば、何か特殊な植物のＤＮＡを採取できるかも、と思って、この近辺の海でいろいろと探していたんですけどね。……そのうちに、この島を偶然に見つけてしまいまして」

土御門島は本来、地図にも載っていない島なのだ。航路の管制など、政府と共同して秘匿処理もなされている。それを発見するだなんて、偶然で済ませてしまっていいものだろうか。

数週間前に記憶を消した女が、こうして再び自分の目の前に現れる——そのことが、どうも清弦には不吉なことだとしか思えなかったのである。

にこやかな笑顔で、紫は続けた。

「ひとが住んでる島だとわかったので、最初は近くの島から渡航便に乗せてもらおうとしたんです。でもどうお願いしても乗せてくれなくて……それで、仕方なくこうして密航するはめに」

「仕方なく、じゃねえだろ……。そこで普通、密航って選択肢《し》は出てこねえだろうがぁ〜〜」

思わず口を挟んでしまった。

紫は「やっぱりそうですよねえ」と肩を落とした。

「昔から知りたいことがあると、そのための手段なんて二の次なので……」

よくわからない女だった。

ひとつだけ確かなのは、音海紫が無駄に豊富なバイタリティの持ち主だということくらいか。

「それにしても」紫が満面の笑みで言う。「まさか陰陽師の方々の島だとは……。ビックリしました。実はですね、私のお父さんも陰陽師なんですよ」

横で有馬が、「なかなか面白《おもしろ》い女性だねえ」と笑いをこらえている。

「よし。それじゃあ僕の権限で、彼女の滞在を特別に許可しよう」

「なんだそのザルな対応は～～……!?」

「学術的調査は、気候然《しか》り、地質然り、〝本懐〟とは別に、我々が自分たちの住んでいる島をよく知るためにも有益だ」

「本懐?」紫が首を傾《かし》げる。

「ただし」彼女をじっと見つめて、有馬が続けた。「紫さんもこちらの事情を理解してもらわねばならない。調査自体には問題はないが、陰陽連に関する事項は絶対に公《おおやけ》にしないこと」

紫はにっこり笑い「はい、わかりました」と頷く。

いや、わかりましたじゃねえだろ——。清弦は眉をひそめた。

有馬の言葉を鵜呑《うの》みにするなら、仮にこの島で新種の植物が発見できたとしても、公表はできないということではないのか。なのにこの女も呑気《のんき》に頷いてしまうあたり、あまりにもいい加減すぎる。

傍《はた》で見ている清弦としては、とんとん拍子に事が進んでいくことに不安を覚えていた。そもそも清弦自身は、あの日この女に言われた言葉が、いまだに頭の中にくすぶり続けているのだ。できるだけ早く忘れたいと思っているのに、その張本人が入島してくるだなんて。最悪というしかない。

思わず「ちっ」と舌打ちをしてしまう。

そんな清弦の苛立《いらだ》ちを見てとったのか、有馬が「ふうん」と口元を歪めた。

「なんだぁ～～」

「いやぁ、な～んにも？」

清弦は知っている。有馬のこのイヤラシイ微笑みは、たいていろくでもないことを考えているときの顔だ。

「じゃあさ、紫さん」有馬が彼女の方に向き直る。「せっかくだから、滞在中はこの清弦に面倒を見させることにするよ。この島には観光客向けの旅館なんてないからね。彼の家で寝泊まりするといい」

「まあ、本当ですか。それは助かります！」紫が表情を輝かせた。

しかし、当の清弦にとってはたまったものではない。

「どういうことだ有馬ぁ〜〜!!」

「清弦も、怪我《けが》のせいでしばらく任務はできないでしょ。暇なら、彼女の面倒を見てあげてもいいじゃない」

有馬は涼しい顔。半笑いで肩を竦《すく》めている。

「だからって、なんで俺がそんなことしなきゃならねえんだぁ〜〜!?」

「そりゃあもちろん、君が最適だと考えているからだよ！」

いけしゃあしゃあと、この男はそんなことをのたまう。

「面白そうだからとか、堅物の清弦をうら若き女性と同居させたらどうなるか興味があるとか、そういうのでは全然ないからね！」

「てめえ〜〜……！」

「それにね、清弦」有馬が小声で耳打ちする。「ぱっと見、問題なさそうだとはいっても、紫さんは部外者だ。一応は彼女の監視役も必要だろう」

「監視？」

「そうとも……もし彼女が実は身分を偽《いつわ》っていて、我々に害をもたらす人間だったとしたら……これを始末するのは君の役目じゃなかったのかな？」

そういうもっともらしい理由をつけてくるところが、実にこの男らしい。

「……だからって、俺が引き受ける筋合いはねぇ～！」

「そうかぁ、だったら仕方ない……。これはもう、君のお父様に引き渡すしかないかなぁ」

ほとんど恫喝《どうかつ》めいたことを言う有馬を、清弦は舌打ち交じりに睨《にら》みつける。

止弦にこのことが知れれば、すぐにでも紫は始末されてしまうはずだ。彼女の素性からすれば、ただの植物調査目的でこの島を訪れただけという言い訳など通用しないだろう。

だから仕方なく、清弦は首を縦に振るしかなかったのである。

「……調査とやらが終わったら、すぐに出て行ってもらうからな」

「あ……ありがとうございます！」

紫がぺこりと頭を下げた。

それを脇で見ていた有馬が、なぜか下世話な笑みを浮かべる。

「よかったじゃないか、紫さん～♡」

「だが俺の家には、食器も布団も生活用具は全部ひとり分しかねえからな」

ため息交じりに言う清弦に、紫が「大丈夫ですよ！」と笑みを見せた。

「寝袋とか……ちゃんと野宿用の道具類がありますから」

用意周到である。密航してこの島に来ただけではなく、野宿する装備まで整えていたとは。見た目とは違い、なかなかにサバイバビリティ溢《あふ》れる女だった。

「あんた、意外にタフだなぁ～～……」

「あはは。研究者たるもの、タフでなきゃやっていけませんよ」

力こぶを見せるようなポーズをして、紫がにっこりと笑った。

本当に変な女だ――と清弦は思う。まあ、悪い人間ではないのだろうが。

ふと横のデスクを見ると、有馬がまたしても「ふふふ」と意味深な笑みを浮かべていた。

「よかったじゃないか、清弦～～」

「ああ～～？　何がだ～～!?」

「眉間《みけん》のしわが……少し緩《ゆる》んでいるよ？」

思ってもみないことを言われ、清弦は言葉に詰まる。

清弦が無言で睨みつけていると、有馬は微笑みながらこう続けた。

「今の君に必要なのは、身体《からだ》の回復じゃないよ。……心の休暇だ」

心の休暇——いったいどういう意味なのか。

清弦はそれを問いただそうとしたのだが、

「さて、悪いけど話はここまで。これから会議なんだ」

次期陰陽頭としてはいろいろ多忙でね——有馬はそんなことを呟きながら席を立ち、部屋の扉へと向かう。その途中で紫の方を振り向いて、にこり、と口元を緩めた。

「清弦は気難しいところもあるけど、いいヤツだよ。それは保証する。……紫さん、あとはよろしくね」

有馬の言葉に、紫は「はい」と穏やかな笑みを浮かべた。

何がよろしくね、だ——。厄介《やっかい》なことを押しつけるだけ押しつけて出て行った有馬の背を見送り、清弦は心の中で毒づくのだった。

※

陰陽連本庁を出て長い坂を下れば、土御門島の中心街が開けている。

南北を走る路面電車が主な交通手段。木造の古風な商業施設や教育施設、住宅地などが軒《のき》を連ねているメインストリートだ。伝統を重んじる陰陽師たちの街だけあって、どこか昔懐かしい、ノスタルジックな街並みが続いている。

天若清弦の住居は、その通りを外れ――街の中心からはるかに離れた山の中に位置していた。周りを木々に囲まれた寂しい土地に、ぽつん、と建っている。

夕焼けに赤く照らされた一軒家を見上げ、音海紫は「はあ」と感嘆の息を漏《も》らした。

「これはなんというか……ずいぶん趣《おもむき》深い建物ですね」

「素直にボロいと言えぇ～」

清弦が入り口の引き戸を開けると、ぎい、と鈍《にぶ》い音がした。

この木造平屋は、おそらく築五十年は経過しているだろう。戸口の木枠は変色しているし、壁や雨どいはあちこち傷《いた》んでいる。トタン屋根も赤く錆《さ》びついていて、相当の年季を感じさせていた。

なにせこの家屋、数年前に清弦がタダで譲り受けるまでは、もともと誰も住んでいなかった廃屋だったのだ。ボロくて当然である。

「帰るんなら今のうちだからなぁ～」

清弦のそんな言葉に、紫は「いえ」と首を振る。

「私、とっても気に入りました。なんだか昔話に出てきそうなお家《うち》じゃないですか？　子供の頃からこういうの、憧《あこが》れていたんです」

漆喰《しっくい》の壁を興味深そうに眺めながら、紫はにこにこと微笑んでいる。

物好きなやつだ、と思う。普通の若い女性なら、こんなボロ屋敷なんて敬遠しそうなものなのに。

「野生児かてめえは……」

眉をひそめる清弦に続き、紫が「お邪魔《じゃま》します」と敷居をまたぐ。

ぎぃぎぃ鳴る廊下を通り、お茶の間へ。

囲炉裏《いろり》を囲んだ八畳間だ。テレビもない殺風景な部屋だが、紫は興味津々《しんしん》といった顔つきであちこち見回している。

そんな彼女に座布団を手渡しながら、清弦は腰を下ろした。

「部屋はいくらでも余ってる。好きな場所を使えよ」

「こんなに大きいお家なのに、おひとりで住んでるんですか」

「ん？　……ああ」

「ご家族は？　一緒じゃないんですか？」

「ここは俺だけだぁ～～」

「ご家族はこの島に住んでるんじゃないんですか？　どうしてひとり暮らしなんですか？」

矢継ぎ早の質問を、清弦は「うるせぇな」と、煙たげにあしらう。

天若本家についての話題はあまり触れられたくないものだった。どうしても、大嫌いなクソ親父《おやじ》の顔を思い出してしまうからである。

「もしかして……遅めの反抗期ですか?」

反抗期、などという呑気な単語に、清弦は思わず脱力してしまう。

とはいえ、彼女はそれでも真剣なのだろう。大真面目《まじめ》な顔でじっと清弦を見つめていた。

「ああそうだよ、あんたの言う通りだぁ～。本土でもよくある話だろうがぁ。顔も見たくねえ親父と同じ屋根の下に住むのが嫌で家を出たんだよ」

「なるほど、お父さんと反《そ》りが合わなかったから、ですか」

得心が行ったように紫が頷く。

「私の父も確かに、弟子《でし》に修行をつけているときは怖い表情をすることがありますね。どこもそういうものなのでしょうか」

清弦は「さあなぁ～」と肩を竦める。

音海善吉《ぜんきち》がいくら厳しいとはいっても、それは一般的な指導者の範疇《はんちゅう》に収まる話だろう。さすがに止弦《しげん》のように「同胞《どうほう》を殺せ」などとは言わないはずだ。

もちろんそんな天若家の常識はずれな部分まで、彼女に話す気はないが。

「ともあれしばらくの間は、ひとつ屋根の下でふたりっきりってことですね」

しみじみと、紫が頷く。

清弦にとっては甚《はなは》だ不本意だったが、もはやどうしようもないだろう。

「それではええと……清弦さん、とお呼びしてもいいでしょうか」

清弦は「勝手にしろぉ～～」と適当に頷く。どうせ数日程度の付き合いだ。別に呼び方などどうでもよかった。

「では清弦さん」紫のにこやかな笑顔が、まっすぐ清弦に向けられる。「まずは、ご飯にしますか。お風呂にしますか」

いったい何を言い始めたのだ、この女は。

清弦はつい「あぁん？」と、メンチを切ってしまう。

「え？　あの。違いました？」

「何が」

「いえ、あの。ごめんなさい。実を言うと私、男性の方と交際した経験が皆無でして。同《どう》棲《せい》の際のルールもマナーも、よく知らないんです」

「余計な気なんて使わなくていいんだよ」清弦が言い放つ。「ここでのルールはひとつだ。俺はあんたに干渉しねえ～～。だからあんたも俺に干渉すんじゃねえ～～。以上だぁ」

清弦の言葉に、紫が「そうですか」と頬《ほお》を緩める。

「そう言ってくださると、私も気が楽です。優しいんですね、清弦さん」

「優しい……？　はっ。んなわけねえだろ」

清弦が鼻を鳴らす。

彼女にそんな風に評価されてしまうのは、まさに皮肉でしかなかった。彼女の肉親を殺して平然としていられる人間の、どこが優しいというのだろうか。

「でも」紫が口を開いた。「無理を言って泊めていただくんですから、せめて身の回りのお世話くらいさせていただけませんか」

紫が腰を上げて周囲を見渡した。台所へと通じる襖《ふすま》を開け、にっこりと口元を緩める。

彼女は何をするつもりなのか。清弦は「は？」と眉をひそめるしかなかった。

「私こう見えて料理の腕には自信あるんですよ」

軽やかな足取りで台所に向かった紫は、流し台に積み上げられた食器類に目を落とし
「あ～～」と苦笑いを浮かべた。

「やっぱり、ひとり暮らしの男性のお家ってカンジですね」

流しの蛇口《じやぐち》をひねりつつ、彼女はスポンジを手に取る。そしてそのまま、勝手知ったる調子で皿洗いを始めてしまったではないか。「きゅっきゅっきゅっきゅっ～♪」などと、ごきげんに鼻歌など歌いながら。

ルールを提示した矢先に、このお節介ぶりである。この女、どういうつもりなのだろう。

「おい。干渉はすんなって今言ったばかりだろうがぁ～～」

「ええ。ですが共有スペースはお互い気持ちよく使いたいじゃないですか。それに家じゅうホコリまみれだし――」

そう言いながら紫は、台所と脱衣所の狭間の敷居に目を落とした。そこには、今朝がた物干しから取りこんだまま放置していた衣類が、そのままの状態で散乱している。

「洗濯《せんたく》物も畳《たた》まないで出しっ放し」

食器を洗う手を止め、紫が清弦の下着に手を伸ばした。

すぐに清弦は立ち上がり、強引にその下着を取り上げる。さすがに、会ったばかりの女にそこまで世話を焼かれる筋合いはないのだ。

「触んじゃねぇ～～！　自分でやる！」

「そうですか？」

睨みつけられてもなお、紫は笑みを崩さない。なんとマイペースな女なのだろう。

こいつといると、どうもペースを乱される――。清弦は軽く顔をしかめた。

紫は再び流し台に向かい、

「食材はどうすればいいのでしょう。確か来る途中に小さなスーパーがあったような……」

などと呟きながら皿を洗っている。

料理が得意だと自称するだけあって、紫の食器の片づけ方はずいぶん手際がいい。流し台は清弦が片づけるよりもずっと早く、どんどん綺麗《きれい》になっていく。

どうやら彼女は思っていたより、家庭的な面もあるようだ。単に「変な女」というわけではなかったらしい。

「ああ、そうだ」紫が振り向き、口を開いた。「ねえ、清弦さん。お好きなものは何ですか？　今日は何が食べたいですか？」

紫にそう問われ、清弦はふと、懐かしさを覚えてしまった。

もう随分《ずいぶん》と昔のことである。母がまだ生きていた頃、いつも同じように台所から問いかけてきた。

優しい笑顔でにっこり笑いながら、「何が食べたい？」と。

特段、音海紫の外見が、当時の母に似ているというわけでもない。なのにどうしてこうも、かつての母の面影に重なってしまうのか。

「清弦さん？」

気づけば紫が、なにやら小首を傾げていた。こちらが返事もせずにぼんやりしていたのが不思議に映ったのだろう。

清弦はそっけなく、彼女に告げる。

「別に……食えりゃあ何でもいい～」

紫は「わかりました」と微笑みを返した。そしてそのまま、鼻歌交じりの片づけに戻る。

「それじゃあ、腕によりをかけて美味《おい》しいものを作りますので、期待していてくださいね」

誰も頼んでなどいないのに、作るのが当たり前のように答えた。

改めて、不思議な女だ――と清弦は思う。こちらは不干渉を貫《つらぬ》こうとしているのに、彼女はそれをものともせずに乗り越えようとしてくる。おそらく、百パーセントの善意で。

台所に立つ彼女の後ろ姿を見ながら、清弦は気怠《けだる》いため息をつく。

胸に湧き上がるのは戸惑《とまど》いだった。こういう相手とは、どうやって付き合っていけばいいのかわからない。ケガレ祓《ばら》いの方がどれだけ楽なことだろう。

明日からは紫の植物調査に付き合うことになっている。監視のため、彼女の助手のような立場を務めることになったのだ。

「面倒くせえなぁ……」

誰にともなく、清弦はそう呟いた。

※

土御門島は本土の開発競争から切り離されているだけあって、手つかずの自然がいまだ多く残されている。

小高い山や岩礁《がんしょう》地帯が数多く、島面積の半分ほどは原生林だ。通りから外れて十五分も歩けば、すぐに木々の緑に囲まれてしまう。

「んー。マイナスイオンたっぷりって感じですね」

背伸びをしながら紫が言う。

現在、清弦と紫が散策しているのも、そんな自然林のひとつである。同居開始の昨夜から一夜明け、清弦はさっそく彼女の植物調査に付き合わされていたのだった。

木漏《こも》れ日の射《さ》す林の中を歩きながら、紫が「はあ」と感嘆のため息を漏らした。

「のどかでいいところですね。土御門島って」

調査を始めてから数時間、彼女は実に楽しげだ。よほど島の自然が気に入ったのか、ルーペを覗《のぞ》く瞳《ひとみ》は爛々《らんらん》と輝いている。

「ほら見て。こんなところにブーゲンビリアが咲いてますよ」

「わあ、さすが亜熱帯性気候。ヤシの木のアーチなんて見られるんですねえ」

「ねえ知ってます？　このキノコ、食べたら大変なことになっちゃうやつなんですよ」

本土では見られない自然風景に、研究者としての血が騒ぐのだろう。サンプル採集の傍《かたわ》ら、紫は珍しい植物を指さしては、その都度、熱心に解説を始めてしまう。

これが学者肌というやつなのか。門外漢《もんがいかん》の清弦から見ても、紫の植物調査には引いてしまうくらいの熱量が感じられる。彼女がこの数時間で採集したサンプルも、すでに大きめのナップザックひとつぶんくらいには膨《ふく》れ上がっている。

この島の陰陽師たちと比べても、日々の修行にここまでの情熱を傾けられる人間はどれだけいることか。立場は違えど、彼女もまたプロフェッショナルなのだろう。

「いいですか清弦さん。器官を傷つけないようにひとつずつ薄紙で包んでですね――」

とめどなく続く紫の説明を「つうか」と遮《さえぎ》る。

「別にそれを俺に講釈する必要はねえだろうがぁ～」

「いえいえ、こういうやりとりも大事ですよ」紫がにこりと目を細めた。「そもそも、まだお互いのことよく知らないわけですし……。こうやって一緒にお話ししていけば、ちょっとずつ仲良くなれるのではないでしょうか」

どうせ数日程度の付き合いなのだ。そんな必要がどこにある――。

清弦がそう思っていたのが顔に出てしまったのかもしれない。紫はくすり、と笑みを浮

かべながら、

「ほら。あなたは私の助手さんなんですから。研究っていうのは、チームでの信頼関係が大事なんです」

そう言われても、なかなか納得できるものではない。なにせここは土御門島。禍野《まがの》では、同胞の陰陽師たちが命を賭《と》して戦いに明け暮れているのである。そんな中、のんびりお散歩などしていていいものではない。

本家の父親が知れば、また「弛《たる》んでおる」とか言われるのは目に見えている。清弦には、紫に付き合うこの時間が無為《むい》なものに思えてならないのだった。

「もしかして清弦さん、疲れちゃいました？」

優しく頬を緩める紫に、清弦は「別にぃ」と肩を竦める。

もちろん体力的には何の問題もない。任務の際には、禍野で数十時間ぶっ通しの活動をしなければならないこともあるのだ。島を全速力で一周したところで、スタミナが切れることはないだろう。

ただ、精神的な意味での疲労は果てしなく大きかった。

そもそも女性とふたり、こうして長時間話をする機会などこれまでなかったのだ。しかも相手が紫のように捉《とら》えどころのない性格では、そりゃあ気疲れもしてしまう。

特に、鳴神町での彼女の一言が脳裏《のうり》から消えない清弦にとっては、その顔を見ているだけで心がかき乱されるような気分になってしまうのだった。

そんな清弦の内心もつゆ知らず、紫は遠慮なく顔を覗きこんでくる。

「普段から相当ハードみたいですもんね、陰陽師って……。よければ今夜は私、ハーブティーでも淹《い》れましょうか？　こう見えてお茶は趣味でして、いろいろレシピを知っているんですよ。リラックス効果のあるやつとか」

「そういうのは——」

と、清弦が断ろうとしたそのとき、背後の草むらからガサリと音がした。

即座に紫の手を取り、自分の近くに引き寄せる。

紫が「えっ」と目を白黒させた。彼女は気がついていないのだろう。

自分たちの周囲に何かが潜んでいる。

気配は複数。獣《けもの》のものではない。独特の匂《にお》いがないからだ。

ならば、禍野から出てきたケガレか——？

清弦はとっさに懐《ふところ》に手を差し入れ、霊符《れいふ》をつかむ。

「そこにいるのはわかってる。出てきやがれ」

短くそう告げると、草むらが揺れた。

そこからのっそりと姿を現したのは、覆面を被《かぶ》った男がふたり。

「がははははは！　バレちまったようだな！」

「さすがに、なかなかの勘だ」

人間だった。

にたにたと笑いながら、覆面男たちは清弦らの前に立ちはだかる。

片方はステテコに腹巻き姿。片方はネコミミの萌《も》えキャラの描かれたTシャツを身につけている。ちぐはぐコンビだ。お揃《そろ》いなのは覆面くらいか。

まるでコメディ系の悪役レスラーである。胡散臭《うさんくさ》さが一周して、もはや珍妙とも言える格好だった。

傍《かたわ》らの紫も「ええ？」と首を傾げている。

先に口を開いたのは、体格のいい腹巻き姿の覆面男だった。

「がっはっは！　俺たちゃ泣く子も黙る山賊《さんぞく》よ！」

細身の萌えTシャツの男もそれに続く。

「そうだ。怪我《けが》をしたくなかったら、その女と金目のものを置いていくといい」

豪快な笑い声と、対照的に落ち着いた冷静な声色《こわいろ》——。清弦にとっては、ものすごく聞き覚えのある声だった。もう十年来の付き合いになるあの連中の声を、聞き違えるはずもない。

　自称山賊の覆面男たちをしげしげと見つめながら、紫はなぜか目を輝かせていた。

「土御門島は陰陽師の島だと聞いていましたけど、まさか山賊までいるなんて」

「いるわけねえだろぉ～～」清弦が首を振る。

　いくら土御門島が本土とは切り離されたノスタルジックな土地だろうと、さすがに山賊なんて時代錯誤《さくご》な集団は存在しない。そもそもそういうのは真っ先に〝律《りつ》〟が始末することになっているからだ。

　清弦はため息交じりに、ふたりの覆面男を睨みつけた。

「鳴海《なるみ》、新《あらた》ぁ。何のつもりだぁ～～？」

　まさか一瞬で正体を看破されるとは思っていなかったのだろうか。覆面男たちは「えっ!?」と動揺した態度を見せた。

「なっ……、なな何言ってやがるんだ。お……！　俺は鳴海じゃねえ」

「そうだぞ清弦たん。私も新ではない」

　語るに落ちるとはこのことである。

「なんでバレねえと思えるんだよ……」

「がっはっは！　細かいことはともかくだ！　俺たちは山賊！　金品を奪い、女をさらうのが仕事だ！」

腹巻き姿の方が、ばつの悪さを誤魔化《ごまか》すように大声を上げる。

なんと男はそのまま両手を伸ばして、勢いよく飛びかかってくるではないか。

「おらあああ！　まずはその女をこっちに寄越せええっ！」

しかし、黙ってそれを見ている清弦ではない。

向かってくる巨漢の覆面男の腹に、思い切りつま先を叩《たた》きこんだのだ。

腹筋にめりこむ靴底。気持ちいいくらいのカウンターだ。

男は「おうふう！」と情けない悲鳴を上げながら地面にひれ伏した。

「なんのつもりか知らねえが、俺にケンカ売るなら覚悟はできてんだろうなぁ〜〜！」

相方がやられる様子を見て、萌えTシャツの覆面男はあからさまなうろたえを見せた。

「待て。いたいけな山賊相手に本気を出すなんて大人げないぞ」

「いい歳《とし》して山賊ゴッコしてるやつに言われたくねぇ〜〜！」

萌えTシャツが「やれやれ」と首を振る。これ以上こちらと事を構えたら無事ではすまないと判断したのだろう。地面に倒れていた仲間に肩を貸し、立ち上がらせた。

「とりあえずここは退《ひ》くぞ、五百蔵《いおろい》氏。作戦目的は達した」

「おいおい、もう帰るのかよ」と、腹巻き姿の男が涙目で言う。

「主人公が悪漢からヒロインを守る姿勢を見せたからな。これでふたりの親密度はさらに上がったはずだ」

「そういうもんかぁ？」

「数多《あまた》の萌えアニメを研究した私の作戦には、一分《いちぶ》の隙《すき》もない」

わけのわからないことを言いながら、覆面の男たちは足早に林道を逃げ去っていく。

「とりあえず今日はここまでだ！」などと、捨て台詞《ぜりふ》を残して。

一連の行動の謎っぷりに、清弦は彼らを呼び止めることさえ忘れていた。紫とふたりで取り残され、ただ首を捻《ひね》るばかりである。

「何がしたかったんだ、あいつら……」

紫もまた清弦を見上げる。「今のひとたち、もしかして清弦さんのお友達ですか？」

「あんなもん友達でも何でもねぇ～」

あんなおかしな格好で現れた変人たちを、素直に「お友達」と言うのは憚《はばか》られる。

今度やつらに会ったら、今日の件は改めて問いただしておくことにしよう。

「ええと、お、面白いひとたちでしたね。あはは」

苦笑する紫の様子は、どこか歯切れ悪い。

「あぁ？　どうした？　気分でも悪いのかぁ」

「その、あの、手が、ですね」

紫に言われ、視線を落とす。そうだった。気がつけば、先ほどからずっと、清弦の左手は紫の右手を握りしめたままだった。

「あ……あぁ、悪ぃ」

慌てて手を振りほどくと、紫は「いえ……大丈夫です」と目を細めた。

ふう、とため息をつき、清弦は再び林道を歩き出す。また変な連中に絡まれても厄介だ。さっさと今日の調査を終わらせるのが無難だろう。

「──あの」ふと、背中から声をかけられる。「ありがとうございました。私を……その、助けようとしてくれたんですよね。えっと……と……とっても嬉《うれ》しかったです」

「別にぃ……本物の山賊に襲《おそ》われたわけでもねえし」

何の気なしに振り向くと、紫がはにかむような笑みを見せていた。その頬は、心なしか朱に染まっているように見える。いったい何が言いたいのか。

「ほら、さっさと調査とやらを進めるぞ。ダラダラやってたんじゃいつまで経っても終わらねえからなぁ〜〜」

清弦がそう促《うなが》しても、やはり紫の様子は普通ではなかった。にこにこと嬉しそうな表情で、自分の右手をもう片方の手で包みこんでいるのである。まるで、そこに残ったぬくもりを嚙《か》みしめるようにしながら。

あの程度のことで、何がそんなに嬉しいんだ——？

やはりこの女、何を考えているのかよくわからない。

※

音海紫が清弦の家の居候《いそうろう》となって、三日目の夜——。

貸し与えた和室のちゃぶ台で、彼女はルーペを片手に何かを調べている。今日の昼間、林で採取していた花や葉っぱの類《たぐい》だろうか。

彼女の横顔を見つめながら、清弦は「ふう」とため息をつく。

この土御門島は、本当に植物学者の興味を引くだけの珍しい植物があるのだろうか。素《しろ》人目《うとめ》には、さほど本土と変わらないと思うのだが。

「ああ、清弦さん」紫が清弦の方を振り向いた。「もう結構な時間ですし、先にお休みになっていただいて構いませんよ。私はもう少しやることがありますから。無理に付き合っていただかなくとも」

「別に無理なんかしてねぇ〜〜」

これが普段通りの生活なら、みっちりとトレーニングをしたあと、武器・呪具《じゅぐ》の手入れをして、飯を食って風呂に入って寝ている頃かもしれない。

しかし、今は怪我のせいでトレーニングも道具の手入れもする必要がない。つまるところ暇なのだ。暇だから、何気なく紫の研究を見ていたというだけにすぎない。

研究にのめりこむ彼女の姿が、あまりにも熱心で楽しそうで幸せそうで——気がつけば、こうして小一時間ばかり見入ってしまったというわけだ。

紫が「でも」と首を傾げる。

「清弦さん、昨夜もあまり寝ていなかったでしょう？　私の部屋にも、うなされているような声が聞こえてきていましたよ」

うなされていた——。それは事実だった。まさか紫に聞かれていたとは。

「体調でも悪いんですか？　いつにもまして目の下の隈《くま》もひどいですし」

「お前には関係ねぇ～……。隈は……前からだ」

天若清弦には、深く睡眠を取る習慣がない。正確に言えば、深く睡眠を取ることができない体質なのである。

原因は、恒常的《こうじょう》な悪夢である。眠ろうとすると、これまで異端者として始末してきた同胞たちの顔が現れ、清弦に向けて呪詛《じゅそ》を紡《つむ》いでくるのだ。

なぜ殺した。この同胞殺しめ。お前も地獄《じごく》に落ちろ――。

少年時代、初めて〝律《りつ》〟の任務に赴《おもむ》いたその夜から、清弦はずっと罪の意識に苛《さいな》まれてきた。もう何年もまともに眠っていない。目の下にできてしまった隈は、もう二度と消えることはないだろう。

父・止弦に言わせれば「その程度で心が乱れるなど、未熟さの証《あかし》だ」ということらしい。

しかしそんな風に言われたところで、自分がこの任務に慣れることはないだろうと思う。呪装《じゆそう》の爪《つめ》が、生身の人間の肉を刺し貫《つらぬ》くあの嫌な感触……清弦がそれを覚えている限り、悪夢は永劫《えいごう》に清弦を苛み続けるに違いない。

「少し夢見が悪かっただけだぁ～～」

また彼女に自分のことを根ほり葉ほり聞かれてしまうのは、なんともきまりが悪い。

「つうか……あんた、植物採集中に、時々すれ違うやつらに声をかけてるよな。……あれは……いったい何を話してる……？」

そうなのだ。紫はしょっちゅう、この島のひとびとに接触を図っている。

最初は挨拶《あいさつ》でもしているのかと特に気にも留めていなかったのだが、それにしては積極的過ぎるくらいに声をかけているようだった。そのことが妙に引っかかったのである。

「ああ、それはですねえ。フィールドワークの一環みたいなものですね」

にこり、と紫が目を細めた。

「ちょっと聞きたいことがあって、島の皆さんにいろいろ尋《たず》ねているんです」

「聞きたいこと？」

「ええ。植物の生態とか気候のこととか……いろいろです」

言葉を濁《にご》す紫に、清弦は「ふうん」と相槌《あいづち》を打つ。

調査のために地元民とコミュニケーションを取ることは、研究者にとってはさほど珍しいことでもないのだろう。話しかける人数が多いのも、それだけ調査内容に正確を期してのことなのかもしれない。

そう考えた清弦は、彼女の答えに一応納得した。

少なくとも、このときは。

※

カランコロン、とカウベルが鳴る。

出迎えたのは、「いらっしゃいませえ！」という野太い声だ。

熊《くま》のように大きな体格をした髭面《ひげづら》の店主が現れ、笑顔で清弦と紫を席まで案内する。ルックスに似合わず、ひとのよさそうな店主だ。

ここは大通りに面した純喫茶「はづき亭《てい》」。

内装が和風に設《しつら》えられた、ゆったりとした店内だ。団子《だんご》やお汁粉《しるこ》といった品書きを見る限り、喫茶店というよりは、甘味処《かんみどころ》と言った方が近いかもしれない。

座敷に腰を下ろすと、紫は「ふう」とテーブルに肘をついた。

「なかなか感じのいいお店ですねえ。お勧めは……『特選おはぎセット』。へえ、美味《おい》しそうじゃないですか」

個人経営の小さな店だが、島でも結構な人気店らしい。座敷に座る客の中には、知った顔の陰陽師の姿もちらほらあった。やはり女性が多い。任務明けだろうか。

「私も甘いものは大好きなんです。毎日通っちゃおうかなあ」

品書きに目を輝かせる紫を、清弦は「いや待て」と制止する。

「あんた、喫茶店に通うためにわざわざ密航してきたんじゃねえだろ。肝心《かんじん》の植物調査の方はどうなってんだぁ～～」

清弦が紫の助手として行動するようになってから、すでに一週間が経っていた。

毎日ひたすら採取採取、観察観察の日々だ。彼女が真面目にやっているのはわかるのだが、丁寧《ていねい》に調査をしすぎているせいで、なかなか行動範囲が広がらない。丸一日使って樹木を一本調べただけ、という日もあったくらいである。

彼女が本当に島の全ての植物を調べて回るつもりであれば、この調査は一カ月や二カ月で終わるようなものではないのだろう。

こうやってなんとなく、スイーツなどを食べに来ている場合ではない気がするのだが。

「まあ、のんびりやりましょう」紫はまるで笑顔を崩さなかった。「特に急ぐ必要もありませんよ。草木は逃げたりしませんし」

彼女のあまりの鷹揚《おうよう》ぶりに、清弦は眉をひそめる。

「季節は変わるだろうがぁ〜〜」

「いいんですよ。外は暑いですし、無理して倒れたら元も子もありません。とにかく今日は、甘いものでも食べて英気を養いましょう」

紫にそう言い切られ、清弦は顔をしかめることしかできなかった。

ここ数日やり取りをしていてわかったことだが、この音海紫という女性は、ものすごく気が強い。物腰が柔らかそうに見えて、自分の意思を決して曲げようとしないのだ。

もし仮に彼女が家庭を持った場合、まず間違いなく紫がその家庭の最高権力者に納まるだろう。純度百パーセントのカカア天下だ。そんなことを想像させるくらいには、頑固《がんこ》な女だった。

当の紫を一瞥《いっべつ》すると、満面の笑みで店主に注文をしているところだった。

「お客様。申しわけありません」髭面の店主が頭を下げた。「そちらの『特選おはぎセット』は、午前中で品切れになってしまいました」

「え。そうなんですか」

「人気商品なんです。朝一に来て、三十個ほどテイクアウトをされていくお客様もいるくらいでして」

「さ、三十個も……？　それはすごいひとですね」

紫が苦笑いを浮かべる。

清弦にはなんとなく、そのまとめ買いをした客に見当がついていた。同年代の陰陽師にひとり、おはぎに目のない男がいるのだ。なるほど、ここはあの男の行きつけの店だったようだ。

「そっかあ、残念ですね……。おはぎ、せっかく美味しそうだったのに」

目当てのメニューが品切れであることを告げられ、紫は肩を落としている様子だった。

そんな彼女に、髭面の店主が明るく提案する。

「ではお客様。こちらの『カップル限定、ジャンボあんみつ』はいかがでしょう。こちら、おふたりで十五分以内に完食なされると、なんとお代はタダになるんですよ」

「え？　そんなのあるんですか」

「まだ達成したカップルは一組もいないんですけどね。なので、最初に完食された方には、豪華景品も進呈《しんてい》するつもりですよ」

店主の言葉に、紫は非常に興味をそそられているようだった。ごくりと喉《のど》を鳴らし、メニュー表の写真をじっと見つめている。

「白玉も餡子《あんこ》も、好きなだけ食べ放題……しかもお代はタダ……昔からこういうの、一回は挑戦してみたかったんですよねえ」

にこやかな表情が、獲物《えもの》を狙《ねら》う猛禽《もうきん》のそれに変わっていく。音海紫は何かに興味を持つと、異常な行動力を発揮する。そろそろ理解してきた。

「ジャンボあんみつ……とても惹《ひ》かれます。ねえ、清弦さん？」

「……全然」

「ではさっそく挑戦してみましょう。すいませ～ん」

「話を聞けぇ～。つうか俺らはカップルでも何でもねえだろうがぁ～」

「男女のペアという意味ではカップルですよ」

紫が強引な理論を打ち立て始めた、その時だ。

客席を隔《へだ》てる衝立《ついたて》の向こうから「ちょっと待ったあ！」と大きな声が聞こえてきたのだ。

「勝負事とあっちゃあ、捨て置けねえなあ！」

「うむ。その大食い勝負、我々も参加しよう」

隣のテーブルにいたのは、もはや見飽きた感もある旧友——五百蔵鳴海と嗎《いななき》新である。

いつから店内にいたのだろうか。ふたりでわらび餅《もち》をつつき合っていたようだ。

またしても突然現れた変な男たちを見て、紫が「まあ」と目を丸くした。

「このあいだの山賊さんたちじゃないですか。今日は覆面じゃないんですね」

「がっはっは！　お嬢さん何を言ってんだ。俺たちは山賊なんかじゃねえぞ。なあ新子《あらたこ》」

笑いながらも、鳴海の目は泳いでいた。つくづく嘘《うそ》の下手《へた》な男である。

隣の新も「我々はどこにでもいる平均的なカップルだ」と追従《ついじゅう》する。

「ともかく清弦たん、今日は正々堂々と勝負しようじゃないか。豪華景品を手に入れるのは我々だ」

しかしこの嗎新という男、おかしな私服ばかり着ていることが多いが、今日はいつにもまして変な装いである。

真っ白なカチューシャにフリルのついたエプロンドレスという女性の使用人スタイル——スカートの裾《すそ》から覗く白タイツには、十年来の付き合いである清弦ですら絶句してしまうほどだった。

「山賊からメイドに転職ですか。意外にお似合いですね、それ」

紫はなぜか、興味深そうに頷いていたのだが。

「何やってんだてめえら……」

こないだの山賊ゴッコといい、最近の彼らは行動が謎過ぎであった。仮にもこのふたり、陰陽連では若手トップクラスの有望株と目されているはずなのだが。

「気にするな清弦たん。これも任務のようなものだ」

「そうだそうだ。禍野の調査も最新スイーツの調査も、大して違いはねぇ」

よくわからない理屈を言いながら、ふたりはテーブル間の衝立を取り払う。本気でこちらに対抗して、大食い勝負に挑むつもりのようだ。

「ちょっと待てぇ～。これカップル限定だって書いてあんだろ」

「何を言っている、私の名は嗎新子。何も問題ないだろう」

清弦の目には、問題だらけにしか見えなかった。

しかし、当の五百蔵鳴海は「まったくその通りだ！」と力強く言い切った。

「大丈夫だよな、オヤジ!?」

「か……構いませんけど」髭面の店主が笑顔を強張《こわば》らせて頷いた。「まあ……挑戦してくれるお客様が少なくて困っていましたからね。男性同士だろうが、この際カップルということで認めましょう。愛の形に差別はありません」

妙に度量の広い店主の発言に、紫が「すごいですね」と感心していた。

「さすが土御門島。陰陽師の世界はなんでもありなんですね」

その認識はさすがにどうなのか。鳴海と新が絡んでくると、紫の中の陰陽師像が変な方向に歪んでいく気がする。

当の鳴海は、「よし」と大きく頷き、

「相手が清弦なら不足はねえ。お嬢さん、悪いが全力で勝負させてもらうぜ！」

「これは負けられませんね」紫も、ぐっと握り拳《こぶし》を作る。

テーブルの士気が高まったのを見て、店主は満足そうににっこり笑い、「それではジャンボあんみつを二セット、準備してまいります」と厨房《ちゅうぼう》に向かった。

いつの間にやら友人たちを交えて、あんみつ大食い勝負に参加することになってしまっている――。なぜこうなる、と清弦は頭を抱えた。

紫が乗り気なのはともかく、どうして鳴海や新までがこんなにもスイーツ勝負にこだわっているのか。こいつらがあんみつに目がないという話は、特に聞いたこともない。

おかしい。これはもう、何か陰謀めいたものすら感じてしまうではないか。

清弦が辟易《へきえき》していると、「お待たせしました！」と元気のいい声が響いた。店主が注文の品を運んできたのだ。

「こちら、ジャンボあんみつでございます」

テーブルに、どん、と置かれたそれを見て、清弦は言葉を失った。

あまりにも巨大。あまりにも大量。

業務用の大鍋《おおなべ》サイズの容器に、シロップ漬けのフルーツが山盛りになっている。さらにその上にソフトボールサイズの白玉、餡子、生クリームが、これでもかというほど盛りつけられていた。

まず、人間がふたりで消化できる量ではない。見ただけで胸やけがするレベルである。達成者がいないのも納得である。これはもはや、スイーツの暴力だと言っていい。

「これは、確かにジャンボだな……」

普段は威勢のいい鳴海ですら、驚愕《きょうがく》に目を見張っていた。

「駆け出しの頃、初めてひとりで蛇種《ジャ》を祓《はら》う任務を任されたことがあるんだがな。いま、あのときと同じくらいの緊張感を味わっているぜ……」

「同感だな。これはいったい、どこから攻めていいものやら見当もつかない」

新子（?）もまた、神妙に眉をひそめていた。

紫だけがひとり「美味しそう！」と、目を輝かせている。

VS!!
……
……

「すごいなあ。私、こんな大きなあんみつ見たの初めてです。頑張《がんば》って全部食べちゃいましょうね、清弦さん」

息を呑《の》む清弦をよそに、紫はスプーンを片手にやる気を見せていた。

女性にとっては「甘いものはいくら食べても別腹」というし、紫も案外、この量を全部食べ切れてしまうのかもしれない。それなら心強い限りなのだが。

髭面の店主がふたつのテーブルを交互に見ながら、にっこりと笑った。

「では、準備はいいですね。はい。これから十五分開始しまーす」

合図と共に、スプーンで掬《すく》ったあんみつを口に運ぶ。

甘ったるそうな餡子や白玉は後回しだ。まずは比較的味の薄いフルーツ系の量を減らすべきだろう。そう考えて、清弦はまずカットされた白桃《はくとう》から口にしたのだが、一口目から「うっ」と顔をしかめてしまう。

それは鳴海や新も同様だった。

「うおおお……なんだこりゃあ!? 予想以上に甘いじゃねえか!」

「シロップ自体がすでに凶器だな。これはかなりの難戦になりそうだ」

紫だけが「そうですか? 美味しいですよ?」と優雅に白玉を咀嚼《そしゃく》している。

こうなればもう、紫ひとりに頑張ってもらえばいい。もともと清弦にとっては、大食い勝負の勝ち負けなどどうでもいいのだ。ここは適当に食べているふりをしつつ、バカふたりが苦戦しているのを傍観させてもらうことにしよう――。

そうやって高みの見物を決めこんでいた清弦だったが、数分後、紫のスプーンがあまり進んでいないことに気がついてしまう。

「……うう一ん、あ、あれえ……?」

当初はとても美味しそうに味わっていた彼女でも、さすがに大鍋一杯を食べ切るだけの勢いを持続することはできなかったらしい。まだせいぜい、鍋の一割ほどを消化した程度のようだ。

紫は心なしか困ったような表情で、必死に口の中のフルーツと格闘している。その額には、うっすらと脂汗《あぶらあせ》が浮かんでいるように見えた。

それでも必死にスプーンを口に運ぼうとする彼女の姿に、清弦は見かねてつい口を出してしまう。

「身体壊すぞ。無理すんじゃやねぇ～～」

他の連中はどうか知らないが、負けたところで失うものなどない。それよりむしろ、こんな馬鹿げた遊びで体調を崩す方が問題である。彼女にも、植物調査という目的があるのだから。

しかし当の紫は、「いえ、大丈夫です」と首を振る。

「こ、これしきのあんみつ……なんのことはありませんっ……。うう……」

「顔色真《ま》っ青《さお》じゃ、説得力ねえよ……」

これはもう、さっさと棄権するべきだろう。そう思って清弦は、店主に目配せしようとしたのだが、

「ちょ、ちょっと待ってくださいっ……!」紫に遮られてしまった。

「あぁ?」

「こ、これは、清弦さんとお友達の……大事な勝負なんですよ? 私なんかのせいで棄権するわけにはいきません……」

紫が呻《うめ》くように告げた。なぜか紫は、こんなお遊び勝負ごときに多大な責任を感じてしまっているらしい。

「なんであんた、そんなにムキになってんだぁ〜〜?」

「だって」視線をあんみつ鍋に落としつつ、紫が続ける。「お家に厄介になって、毎日迷惑かけてばっかりですし……せめてこういうときくらいは、足を引っ張らないようにしようと思って……うう……」

何に気を使ってんだぁ——と清弦は嘆息する。

居候の身の上とはいえ、彼女は調査の傍ら積極的に家事をこなしてくれている。実際のところ清弦も、そこまで迷惑をかけられているという気はしていない。むしろ、食事や洗濯の面では楽になったとすら言ってもいい。

「それに……その、身を挺《てい》して山賊から庇っていただいたわけですし……。そういうひとのためなら、私だって頑張りたいという気になると言いますか……」

隣のテーブルの新が「うっぷ」と顔を青くしながら口を開いた。

「女の子が自分のために頑張ってくれている……。なあ清弦たん、ここは見せ場だぞ。完食したら、間違いなく男が上がる」

「そうだぜ。そもそも白虎の天若清弦とあろう者が、あんみつごときに恐れをなすわけにはいかねーよなー」

鳴海にまで煽《あお》られてしまい、清弦は「ちっ」と舌打ちをする。

確かにふたりの言う通りである。紫はとにかく、清弦のために精一杯頑張ろうとしているのだ。見たところ、もう彼女の限界は近い。

「……余計な気なんか使うなって言っただろうがぁ～～！」

ここで無理やり紫を止めてギブアップするのは簡単だ。しかし、そうしたところで彼女はいっそう余計な気を使うことになる可能性がある。

どうしたものか。本当に面倒くさい。

面倒くさいからこそ、清弦はもっともシンプルな解決策を取ることにした。

「ふん……！」

気合いと共に、巨大な鍋状の容器を手で引き寄せる。

今の自分が為すべきは、これを全部平らげること。これを片づけてしまえば、この女も余計な意地を張らずに済むはずだ。

あとはもう、何も考えない。ただ無心にスプーンを運ぶ機械となるだけだ。

白玉、フルーツ、餡子、フルーツ、生クリーム、フルーツ……。

あまりの糖分に喉が灼《や》けつきそうになってしまうが、そこは根性で乗り切る。こんなもの、ケガレとの戦いで負う傷に比べれば、なんということはないのだ。

「清弦さん、いいペースです！　このままこのまま！」

そんな紫の声援も、なんだか遠くに聞こえるような気がする。早くも意識がもうろうとし始めてきているのだ。

だが、それでも清弦のスプーンは止まらない。餡子を抉《えぐ》り、クリームを掬いとり、パイナップルを突き刺す。胃の中は甘ったるいシロップでいっぱい。人間は意地だけでここまで動けるのかと、自分でもびっくりなくらいである。

もはや清弦は、自分の細胞のひとつひとつまで、あんみつに満たされているのを感じていた。自分があんみつなのか、あんみつが自分なのか。もうよくわからない。

甘ったるさで脳味噌《のうみそ》がとろけそうになるのをこらえ、必死で餡子をのみこむ。

いいペースだ。隣の鳴海&新カップルの容器にも負けていない。

「うおお……すげえな清弦。天若家には、胃を拡張する秘術でも伝わってんのかよ」

「そんなものがあるなら、ぜひ教えてもらいたいものだ。……うっぷ」

ふたりの声を聞き流し、清弦はラストスパートをかける。

鍋の端を両手でつかみ、盃《さかずき》のごとくそのまま口の中に流しこんだのだ。

横で見ている紫も「ふわあ」と目を丸くするくらいのラフプレイ。シロップの最後の一滴までごくりと飲みこみ、清弦はそのまま後方へと倒れこんだ。

「はっ……。屁《へ》でも……ねえっ……!」

そう。ついに清弦は、ジャンボあんみつを制覇《せいは》したのである。

「おお、すごいですよお客様!」髭面の店主が手を叩いて賞賛している。「ついに達成! うちの店始まって以来の快挙です! いかがでしたか、ジャンボあんみつのお味は!?」

今の清弦には「うるせぇ」と答えることすらできなかった。口を開くと、逆流してしまいかねなかったからである。

もう限界だった。向こう一年くらいはあんみつの姿すら見たくない。

鳴海と新もスプーンを置き、肩を竦めている。

「完敗だぜ。さすが清弦だな」

「うむ。我々が見こんだだけのことはある」

挑発に乗った挙句の果ての愚行《ぐこう》ではあったが、友人たちの悔しそうな顔を見られたなら、それはそれでいいだろう。

「なかなかかっこよかったですよ、清弦さん」

紫にそう笑いかけられるのも、まあ、悪い気分はしなかった。

鳴海と新が、何事かを言い合っていた。

「なんだかんだ言って、ここぞってときに男を見せられるヤツだぜ。清弦は」

「ああ。有馬たんが危惧《きぐ》するほどのこともなかったな」

なぜここで有馬の名が出てくるのか。まさか山賊ゴッコの一件しかり、偶然こいつらがここに居合わせたのも、あの男の差し金だったというのだろうか。

問いただしたいところだったのだが、限界突破中の清弦は言葉を発することすらできなかった。腹痛が治まったら、彼らにはきっちり話をつけてやるべきだろう。

ちなみにこのあと、店主から豪華景品として進呈されたのは、「あんみつ一年間食べ放題チケット」だった。心底いらねえ、と思ったのは言うまでもない。

※

喫茶店でのあんみつ勝負から、数時間後。

家での休息により腹痛はだいぶ治まってきたものの、若干《じゃっかん》の胃もたれはまだ残っている。返す返す頭の悪いことをしてしまったものだと、清弦は嘆息していた。

「何やってんだぁ、俺は……」

和室の壁に背を預けながら、腹を撫《な》でる。

紫の言葉に乗せられ、あんみつの大食いに挑む――。少し前までの自分なら、絶対にこんなことはしなかっただろう。焼きが回ったとでもいうのか。

当の紫は、今夜もまたちゃぶ台に向かい、じっくりと草花を調べている。清弦の家では、すでに日常になりつつある光景だった。

紫が振り向き、尋ねる。

「清弦さん、お腹《なか》の方は大丈夫ですか？」

「このくらい問題ねぇ～～」

「そうですか」苦笑気味に、紫が続けた。「昼間は無理を言ってしまってすみません」

「別にぃ〜〜。俺がやりたかったからやっただけだぁ〜〜」

清弦は鼻を鳴らす。

「それに——」

「え？」

「ああいや」

言いかけた言葉をのみこみ、首を振った。

紫が「ううん？」と首を傾げるのを見て、清弦はふうっと穏やかな息をつく。

最初はこの女の理解不能な言動に辟易していたものだが、時間が経てばそれにも慣れてきた。

天若清弦は、陰陽師として、そして〝律《りつ》〟の執行者として、血塗られた生き方しか知らない男だ。だからこそマイペースで天真爛漫《てんしんらんまん》な紫の姿に、少しだけ惹かれるものを感じてしまっているのかもしれない。

なんなんだかな、これは——と、清弦は後ろ頭をかく。

「鳴海さんと新さん、でしたっけ」

「あ？」

「気の置けない親友って、本当にいいものですよね」紫が微笑んだ。「清弦さん、少し前に任務で怪我をしちゃったんでしょう？　鳴海さんと新さんは、きっとそれが心配だったんだと思いますよ。だから、いろいろ理由をつけて清弦さんの様子を見に来たんじゃないでしょうか」

清弦は「そうかぁ？」と顔をしかめる。

あいつらが絡んできたのは、もっと無粋《ぶすい》でお節介な理由だと思うのだが。

「そうですよ。友達想《おも》いなひとたちじゃないですか」

「友達想いっつうか、ただの馬鹿《ばか》だろ」

バレバレの覆面で山賊ゴッコしたり、女装してまでカップル限定の大食い勝負に挑んだり。どうしようもない連中だった。

この土御門島において、清弦を忌避《きひ》しない同年代の陰陽師は、鳴海に新、それから有馬の三人だけである。

呼んでもいないのに勝手に絡んできて、清弦をバカ騒ぎに引きずりこむ。今日の喫茶店での勝負のような出来事は、昔からよくあることだった。学生時代から変わらず、迷惑極まりない連中だったのである。

とはいえ、それはそれで清弦にとっての気晴らしになっていたこともまた事実だった。

〝律《りつ》〟の暗鬱《あんうつ》な特務を行ったあとなどは、特にそう思う。これまでの人生、かろうじてまともな人付き合いと呼べるものは、あの連中との大騒ぎくらいだった。

ああ見えて優秀な連中なのだ。「同胞殺し」などより、もっと付き合うべき有益な人間がいるとは思うのだが――。

「馬鹿だからこそ……連中はいつまでも俺なんかに構ってるんだろうなぁ～……」

紫が「え？」と首を捻るが、それには答えない。

そういう意味では、この音海紫もまた、馬鹿のひとりかもしれない。こうやって執拗《しつよう》に清弦とコミュニケーションを取ろうとしているのだから。

「それよりも、あんたは、いつまでこの島にいる気なんだ」

「それは……まあ、調査が終わるまで、ですよ」

どこか歯切れ悪く、紫が応える。あまり触れられたくないことを抱えているかのような、そんな反応だった。

「その、あんたの調べたいものは、いつになったら終わるんだ」

「いつでしょう。明日か、来週か……はたまた来年かも」

その答えは、半《なか》ば予想していたことだった。

いかに紫が熱心な研究者とはいえども、本気で島の植物をすみずみまで調査をするつもりなら、単独では到底無理だろう。数十人規模のチームでも、ゆうにひと月以上はかかるに違いない。ひとりでこの島に乗りこんでくるという時点で、そもそも現実的ではないのである。

だとすれば——だ。

「嘘、だよなあ」

「え」

「植物の調査の話だ。あんた、本当は何か、別の理由で島に来たんだろ」

清弦の問いに、紫は「あはは」と愛想《あいそ》笑いを浮かべていた。

「バレちゃいましたか。さすが清弦さん、鋭いですね」

やはり、予想は的中していたらしい。

「まあ」ばつの悪そうな表情で、紫が続ける。「平たく言うと人探しですね」

「人探し？」

「ええ。相手がこの島にいることはわかってるんです。毎日、島の色んな所を散歩していたのもそのためでして」

なるほど、と清弦は得心する。彼女が島民たちに何かを尋ねて回っていたのは、人探しのためだったのだ。

「一体誰を捜してる」

「ええとその、ですね。清弦さんに言うのは、ちょっと引かれそうで怖いんですけど」

「気にすんな。あんたにどんな理由があれ、今すぐ出てけとは言わねぇ～」

清弦の言葉にほっとしたのか、「そうですか」と紫は胸を撫で下ろす。

彼女はいったん言葉を切り、清弦の顔をじっと見つめた。

「実は、兄を殺した人間を、ですね。捜しに来たんです」

彼女の言葉に、清弦は耳を疑った。

今のは聞き間違いではない。彼女は確かにはっきりと、「兄を殺した人間」と言った。

「兄の理士《さとし》が殺されたのは、一カ月ほど前です」神妙な表情で、紫が続ける。「私の目の前で、陰陽師に殺されたんですよ。だから私、お父さんに詰め寄って聞き出しました。兄が長い間暮らしてきた、この島の存在を」

なぜだ、と清弦は自問する。

あの鳴神町での夜、催眠呪術《じゆじゆつ》によって彼女の記憶は封印したはずだった。それだけではない。音海理士の死が任務中の殉職《じゆんしよく》として処理されるよう、様々な情報を操作したはずだったのに。

「あんた……」清弦は息を呑んだ。音海紫に催眠に抵抗できるほどの高い呪力《しゆりよく》が備わっていた――ということだろうか。それならば確かに、話は変わってくる。

彼女も陰陽師の家系に生まれた人間なのだ。そういうことがないとは言えない。潜在的に、ものすごい才能を持っていたということはありえる。

黙りこむ清弦をよそに、紫は言葉を続ける。

「でも、なかなか見つからないんです。仮面を被《かぶ》っている相手でしたから、素顔もわかりませんし」

「仮面、か……」

間違いない。虎を模した、〝律《りつ》〟の面のことだ。

「ええ。特徴的な仮面だったはずなんですけどね。どうも、そのへんの記憶が曖昧《あいまい》になってしまっていて……。『仮面をつけた陰陽師を捜しているんです』って聞いても、それだけじゃ特定できないらしくて」

清弦はひとこと「そうか」とだけ相槌を打つ。

不完全な形にしろ、兄を殺された夜の記憶が彼女の中には残ってしまっているようだ。

いま目の前で話をしている男こそが、その捜している殺人者だと知ったら、彼女はいったいどういう反応をするのだろうか。

もっともそれを清弦の口から言うことなどできるわけがない。

「でも、諦《あきら》めるわけにはいきませんよね。こうして密航までしちゃったわけですし」

にこり、と笑って紫が続ける。

「ともかく私、この人探しが終わるまではしばらく島に滞在しようと思っているんです。もしご迷惑でしたら、よそに家を探してこのお家から出ていきますから……」

「そうなった時はなぁ〜」

彼女は兄を殺した人物を見つけて、いったいどうするつもりなのか。

こういう場合、まず考えられるのは仇討《あだう》ちだろう。あれだけ仲のよさそうな兄妹《きょうだい》だったのだ。殺した相手に復讐《ふくしゅう》しようとすることは十分にありえる。

どうしたもんか——。清弦は黙考する。

催眠呪術が効かなかったとなると、もっと荒い方法で口封じをしなければならない。父や他の天若家の連中も、みんなそうやって目撃者を始末してきた。それが〝律《りつ》〟の執行者としての義務なのだ。

しかし、それでいいのだろうか。

一番望ましいのは、彼女が真相に辿《たど》りつかないことだ。

紫が適当なところで人探しを諦めて、本土に帰ってくれさえすれば、清弦は〝律《りつ》〟の執行者としての後始末をしなくて済むのである。

まだ他の天若の家の人間も、紫のことは知らないだろう。これなら、いくらでも誤魔化《ごまか》しがきく。

「さっきからどうしたんです、なんか怖い顔してますけど」

「別になんでもねぇ〜〜……」

「あはは、清弦さん、もともとそんなに愛想はよくない顔なんですから。せめて楽しそうにしないと損ですよ」

「うるせえ。余計なお世話だぁ〜〜」

ようやく清弦も、紫とのこんな何気ないやりとりに慣れつつあるのだ。できればこの平和な時間を、自分の手で壊すようなことはしたくない。

そのとき、玄関からノックの音が聞こえてくる。

こんな夜更けに誰だろうか。立ち上がり、玄関に向かう。

清弦が引き戸を開けると、そこには見知った顔の来客の姿があった。

「……清弦様」

長い黒髪に漆黒《しっこく》の狩衣《かりぎぬ》。左目に大きな傷跡の残る、冷たい表情の娘だ。年若い少女には不釣り合いな、不吉な出で立ちである。

「夕弦《ゆづる》か。何の用だぁ〜〜」

黒衣の少女の隻眼《せきがん》が、まっすぐに清弦を射竦《いすく》める。

天若夕弦。清弦の五つ下の従妹《いとこ》である。まだ成人もしていないが、〝律《りつ》〟の執行者としては、組織内でも清弦と一、二を争うほどの腕前を誇《ほこ》る女性だ。

彼女がここに現れた理由は、おそらく〝律《りつ》〟の任務に関することなのだろう。

夕弦は、抑揚《よくよう》のない声で口を開いた。

「お休みのところ申しわけございません。当主様からの勅令《ちょくれい》でございます」

その単語に、清弦は眉をひそめる。勅令――つまり、殺人の依頼である。

「仕事か」ちっ、と大きく舌打ちをする。「動けるようになったと思ったらすぐ依頼かよ」

最悪な気分だった。紫の件で頭を抱えていたところに、さらに別件で仕事の命令が来てしまうとは。ままならないものである。

「こちらが勅令でございます」

夕弦は畏《かしこ》まりつつ、黒い封筒を清弦に手渡す。

当主の勅令――いわば、〝律《りつ》〟の指令書だ。この中には標的とすべき陰陽師の情報が記載されている。つまり、これから清弦が始末するべき同胞《どうほう》の名が書かれているのだ。

「それでは確かに、お渡ししましたので」

事務的にそれだけを告げ、夕弦は背を向けて去ってしまう。

手の中には黒い封筒。これを握っているだけで、清弦は暗鬱《あんうつ》な気分になってしまう。自分はやはり、どう繕《つくろ》おうが殺人者なのだ。紫のような普通の人間とは、住む世界が違う。

当の紫の声が、和室から響いた。

「清弦さーん。お客様がいらっしゃったんなら、私がお茶でも淹《い》れましょうか？」

そんな穏やかな紫の言葉も、今の清弦にとってはなぜか、とても遠いものに感じられてしまうのだった。

第《だい》三章《しょう》

清弦《せいげん》がその特務に出向いたのは、勅令《ちょくれい》を受け取ってから三日目の夜だった。

もろもろの処理を終えて自宅に辿《たど》りついた頃には、すでに深夜を回っていた。

「ふう……」深いため息をつく。

大きな音が鳴らないように、清弦はゆっくりと家の引き戸を開けた。

家の中は、ひっそりと静まり返っていた。もう時間も時間だ。紫《ゆかり》ももう自室で就寝しているだろう。

今夜の標的は、音海理士《おとみさとし》に続いて、今年二件目となる〝呪禁物忌《じゆごんものいみ》〟——。老境に至り、引退した名うての陰陽師《おんみようじ》が相手だった。

とはいえ、今回はさほど苦労をしたわけではない。彼は〝律《りつ》〟である清弦に相対し、自分の運命を悟ったのだろう。さしたる抵抗を見せることもなく、進んでこちらの刃《やいば》に身を委《ゆだ》ねたほどである。

音海理士を追って本土まで赴《おもむ》いた前回の任務に比べれば、格段に楽な仕事だったと言えるだろう。

だからといって、清弦の気が楽になるものでもないのだが。

——足が重い……。

老兵は抵抗こそしなかった。だが、己《おのれ》の歩んだ人生に対する後悔の念をぶちまけた。

息子を禍野《まがの》で失い、妻は病気でこの世を去り、自分は逃れようのない呪《のろ》いにかかった。

自分の人生はいったい何だったのか――

呟《つぶや》くように、淡々と……淡々と大粒の涙をボロボロこぼしながら、清弦の刃を受け入れたのだ。

清弦は、ひとり頭を振る。

特段、戦闘を行ったわけではない。それでも頭が痺《しび》れたように重く、全身はひどい虚脱感に包まれている。何もかもが、どうでもよく思えてしまうのである。もちろん、自分自身すらも。

「こういうところが未熟だってのかぁ～～……」

同胞《どうほう》ひとりの人生を奪う。結局自分は、その重さに耐えきれていないということなのだろう。

あの男――止弦《しげん》のように迷いなく人間を始末できるようになるまでに、あとどれだけの殺生《せっしょう》を重ねればいいのだろうか。

もういい。ヤメだ。今は何もかも忘れて、ゆっくり身体《からだ》を休めるべきだ。

疲弊《ひへい》した身体を引き摺《ず》るようにして、風呂の洗い場へと向かう。熱い湯で、何もかも流し去りたいと思ったからだ。

〝律《りつ》〟の外套《がいとう》や狩衣《かりぎぬ》を脱ぎ去り、脱衣かごに入れておく。返り血を浴びたものについては、早めに処分しておくべきだろう。

「……っと、こいつもだな」

手にした虎《とら》の面に目を落とす。〝律《りつ》〟の執行者が正体を隠すために用いる面だ。天若家《あまわか》に伝わる虎をイメージしたものらしい。

その虎の面にも赤黒いものが付着し、なぜか涙を流しているように見えてしまった。

「なに泣いてんだ、馬鹿《ばか》虎が」

清弦が祖父から白虎《びゃっこ》を受け継いで以来、『獣爪顕符《じゅうそうげんぷ》』の霊符《れいふ》が何らかの反応を見せたことはない。当然、清弦もそのことに不満を覚えないわけがなかった。

せめて白虎の力を引き出せるようになれば、あのクソ親父《おやじ》の偉そうな顔を見ずに済んだろうに。

天若の跡取り。〝律《りつ》〟の執行者。白虎。十二天将《じゅうにてんしょう》。それらの重圧は、四年前からずっと清弦を苛《さいな》んできたのである。

「てめえが泣いてどうすんだよ。情けねえなぁ〜〜……」

そんなことをつらつらと考えていたせいで、気づかなかったのかもしれない。彼女が、いつの間にか背後に忍び寄っていたことを。

「清弦さん、お帰りなさい」

紫だ。どういうわけか、息遣いすら聞こえるくらいの至近距離にいる。

「こんなに遅くまでお仕事お疲れさまです。大変でしたね」

いつも通りの呑気《のんき》な声色《こわいろ》に、脱力してしまう。振り向く気力もなかった。

「何してんだ、あんた」

「何って……せっかくですからお背中を流してさしあげようと思いまして」

またこの女、おかしなことを言い始めた。

「そんな必要はねえから、さっさと寝ろぉ～～」

紫を軽くあしらおうとしたのだが、

「あれ？　清弦さん、袖《そで》のところ汚れてますよ」

紫が狩衣の袖を指さした。黒地で目立たない場所だったが、確かにそこは赤黒く染まっている。さきほどの標的の返り血だろう。

「こういう汚れは、早く水洗いしないと染《し》みになっちゃいます。その服、こちらに渡してください。私が洗いますから」

「気にすんな。自分でできる」

「そうですか……でも、お仕事で疲れているでしょうし、私がやりますよ」

「いいって言ってんだろうが……！」

紫の手を振り払う。しかし、彼女はこちらが遠慮でもしていると思っているのだろうか。再び手を伸ばしてくる。そのうちに揉《も》み合いになり、清弦は手に持っていたものを取り落してしまった。

不運。ただ、そう表現するしかない事態が起こってしまったのである。

まずい、と思ったときにはすでに手遅れ。

脱衣所の床に、からん、と転がったのは、血染めの虎の面だ。

「あれ？」虎の面を見下ろし、紫が動きを止める。「このお面、どこかで……」

紫の表情が、だんだんと血の気を失っていく。

面を拾い上げ、彼女はごくり、と喉《のど》を鳴らした。

「そうだ。これって、あの夜の……」

清弦は何も言えない。〝律《りつ》〟の執行者には、何も語ることが許されていないからだ。だから、ただじっと、紫の表情を見つめていた。

「もしかして、清弦さんなんですか。兄を殺したのは……」

答える代わりに、清弦は腰のホルダーから霊符を取り出した。

呪文《じゅもん》を唱《とな》える。あの夜と同じ、彼女の意識を奪う呪文だ。

「あんたりをん、そくめつそく、ぴらりやぴらり――」

あぁ～～くそっ……――清弦の脳裏《のうり》に渦巻いていたのは、今更遅すぎる後悔だった。

※

気を失った紫を部屋に運び、畳《たたみ》の上に横たわらせる。

ワンピース越しの彼女の胸は、呼吸と共に規則的に上下していた。あと数時間は目が覚めることはないだろう。ぐっすりと眠っているようだ。

「結局こうなんのかよ……」

清弦が吐き捨てるように呟く。

なぜこうなった……。音海紫に、催眠呪術《じゆじゆつ》に抵抗しうるほどの呪力《じゆりよく》があったことだろうか。それとも、島に密航してまで殺人者を調べようとする、彼女の行動力のせいだろうか。

「違うか。俺の甘さのせいだ」

天若止弦ならば、目撃者を消すことに躊躇《ちゆうちよ》などしない。仮にあの親父が鳴神町《なるかみちよう》の任務を請け負っていたとしたら、目撃者の口封じのために催眠呪術などを用いない。標的と一緒に紫を始末して、それで手早く終わりにするはずである。

結局、清弦の迷いが問題だったのだ。〝律《りつ》〟の執行者を名乗りながら、極力人命を奪うことを避けようとしている甘さ――。そんなもの、あの父親からすれば、未熟もいいところだろう。

紫を見下ろし、ため息をつく。

「こうなると、こいつを無事で本土に帰すことは難しい、か」

畳の上で穏やかに寝息を立てている彼女は、まさに無防備そのものだ。その細い首筋に少し力を加えただけで、呆気《あつけ》なく処理を完了させることができる。〝律《りつ》〟の執行者としては、それがもっとも正しい選択に違いない。

「だが――」清弦は頭を抱える。

〝呪禁物忌《じゆごんものいみ》〟でもない人間の命を奪うことなど、許されるはずがない。

音海紫が悪い人物ではないということは、清弦もここ数日一緒に過ごして理解している。明るく何事にも好奇心旺盛《おうせい》で、そして家族想《おも》いの優しい女性――。彼女のような人間こそ、生きて幸せになるべきなのだ。できることなら、手にかけたくない。

「くそっ」と毒づき、清弦は畳を叩《たた》く。

そのときふと、部屋の外から声が聞こえてきた。

「……よろしいですか、清弦様」

夕弦《ゆづる》の声だ。いつの間にか廊下にいたらしい。

「夕弦……てめえ、いつからいたぁ〜〜……？」

「ずっと以前から当主様より、その女の動向を監視するよう命じられておりましたもので」

そういうことかよ、と清弦は舌打ちする。

音海紫をマークしていたのは、どうやら天若本家も同じだったらしい。

そりゃあ確かに彼女は怪しすぎる。次期当主のもとに転がりこんだ謎の密航女など、放っておくわけがなかったのだ。

「だとすると、こいつが島に来た事情も、全部お見通しってわけかぁ〜〜」

「はい」夕弦が部屋に入る。「先日の会話も、確認させていただきました。どうやら清弦様は、先日の特務の口封じに失敗なさっていたようですね」

否定はできない。清弦は押し黙るほかなかった。

すでに本家にまでバレてしまっているとは。事態は最悪の方向に向かい始めている。

夕弦が「驚きました」と続ける。

「清弦様は、彼女が目撃者だと知りつつ生活を共にされていたのですか？　いったいなぜそんなことを」

「さあなぁ〜〜」と清弦は肩を竦《すく》める。

有馬《ありま》の悪ノリに乗ったのも、最初は気の迷いみたいなものだった。紫に対する罪悪感めいたものも、なかったといえばウソになる。

ただ、それでも日が経《た》つにつれ――だんだんと彼女と過ごす時間に安らぎを感じるようになったのも事実だ。

「わたしには理解できません。〝律《りつ》〟きっての実力者であるあなたが、そんな無意味な危険を冒《おか》すだなんて」

「はっ……何に対して危険かわかんねえなぁ～～」

「当主様は、この件に関して大変お怒りです。『今すぐに目撃者の女を捕らえ、清弦を自分の前に出頭させろ』と」

夕弦の言葉に、清弦は無言でうなだれる。

あの男のことだ。弁明の機会など与えられないだろう。ただ一方的に処断されるだけだ。

「嫌だって言ったらどうなるんだぁ～～？」

「その場合は――」

夕弦の視線が、窓の外へと向けられる。

庭に佇《たたず》んでいたのは、虎の面をつけた男がふたり――〝律《りつ》〟の執行者だ。あらかじめ夕弦が潜《ひそ》ませておいたのだろう。虎面の男たちは、土足のまま無遠慮に庭側から部屋に侵入してきた。

「――彼女の身の安全を一切保証できません」

夕弦の言葉を受け、執行者のひとりが懐《ふところ》から刃物を取り出す。刃渡り三十センチほどのナイフだ。男はそれを、おもむろに紫の白い首元にあてがった。

あからさまな脅迫《きょうはく》である。武器や霊符の類《たぐい》は、先ほど保管庫に戻したばかりで、こちらには抵抗する術《すべ》もろくにない。当然、夕弦はそれを知った上で言っているのだろう。

「夕弦ぅ～～～っ!! てめぇ～～～っ……!」

「お願いです清弦様、どうか……」

懇願《こんがん》にも似た様子で、夕弦が頭を下げた。

気づけば庭側にはさらに数人、虎面の男たちの姿が窺《うかが》える。それだけではない。気配を探れば、かなりの数の人間がこの家の周囲にいるようだ。少なくとも二十～三十人――それだけの数の執行者たちが、いずれも武装して取り囲んでいるのだ。

暗殺を主任務とする〝律《りつ》〟の執行者が、これだけ動員されるというのは、前代未聞《ぜんだいみもん》の事態である。それだけ、本家は清弦を危険視しているということだろうか。

「どうか私に、あなたを殺させないでください」

できれば清弦には無駄な抵抗をしてほしくはない――彼女の神妙な表情が、そう語っている。幼い頃から、天若の妹弟子《でし》としてずっと自分を慕《した》ってきた彼女のことだ。こうして清弦に刃を向けること自体、苦渋の決断だったのだろう。

「わかったよ……。ついていってやるよ」

清弦が腰を上げると、夕弦が安堵《あんど》の息を漏《も》らした。

「だが」清弦が続ける。「その女にかすり傷のひとつでもつけてみろ……。武器も霊符もなくたって、この場の人間の半分以上巻きこんで心中するくらいはできるからなぁ～」

※

天若本家は、土御門島《つちみかどじま》から五キロほど南東の小島に居を構えている。

土御門島本島とは違い、行き来するのは天若の人間のみである。ただでさえ「同胞殺し」と噂《うわさ》される一族の土地なのだ。こんな辺鄙《へんぴ》な場所にわざわざ近寄ろうとする物好きなど、島にはいない。

一夜明け、清弦は夕弦と共にこの本家の小島へと赴いていた。

小島の中央に建てられている巨大な屋敷――その大座敷で、父親と顔を合わせていたのである。

「天若の恥さらしが」

　何度も聞いたその台詞《せりふ》を、天若止弦が言い放った。

　どうせこの堅物は、何を言い訳しても聞く耳を持たない。そう考えた清弦は、止弦と目も合わせず、そっぽを向いて部屋の壁を見つめていた。

「我ら天若に課された〝律《りつ》〟の特務が、凡百《ぼんひゃく》の陰陽師共に伏せられている理由がわからぬのか？」

　父親の問いに清弦は、「さあなぁ～」と応《こた》える。

「たとえば〝呪禁物忌《じゅごんものいみ》〟だ。あれはもはやまともな人間には戻れぬ者たち――その存在が公《おおやけ》になれば、陰陽連《おんみょうれん》をも揺るがしかねない暴動に発展する可能性がある。だからこそ我ら天若の人間は、人知れず連中を駆除せねばならぬのだ」

「駆除だと……？　同胞に対して使う言葉じゃねえなぁ～～……！」

　あまりの暴言に、つい怒りを向けてしまう。

　そんな反抗的な息子の態度に苛立《いらだ》っているのだろう。止弦の眉間《みけん》の皺《しわ》は、いつも以上に深く刻まれていた。

「〝呪禁物忌《じゅごんものいみ》〟はもはや同胞ではない。一刻も早く取り除かねばならぬのだ」止弦が殊更《ことさら》に強く告げる。「無論、その妨げになる者も同様と言えよう」

妨げになる者。それはつまり、現場に居合わせた目撃者のことである。止弦は今、音海紫の処分について言及しているのだ。

「貴様、先月の特務で目撃者の女の記憶の封印に失敗していたそうだな。そしてそれどころか、あまつさえその女を本島で匿《かくま》っていたというではないか」

「恐れながら、当主様」清弦の後ろで控えていた夕弦が、恭《うやうや》しく口を開いた。「音海紫は当初、この島を訪れた目的を学術調査と偽《いつわ》っていました。決して最初から、清弦様が意図《いと》的に匿っていたというわけではなく――」

「貴様は黙っていろ。夕弦」

止弦の冷たい瞳《ひとみ》に射《い》竦《すく》められ、夕弦は押し黙る。

天若の当主は「ふん」と鼻を鳴らし、

「とにかくまずは、その女を始末する必要があるだろう。確か今は、この屋敷の地下に幽《ゆう》閉《へい》しているのだったな」

鋭い目をさらに細め、清弦を睨《にら》みつける。

「天若家当主として、貴様に勅令を下す」

「……あぁ?」

「貴様の手で、その女を殺せ」

止弦は特に感情をこめることもなく、淡々とそう言い放った。

音海紫を始末することこそが正義であり、そこには何の疑いを挟む余地もない——それが天若家の価値観なのである。

「わかっておるぞ。貴様。あの女と生活するうちに情が湧いたのであろう?」

「情だぁ? 俺は……」

「だが、そんな感情に振り回されるような人間は〝律《りつ》〟に……天若にはいらぬ。天若家の人間たるもの、標的とされた者がたとえ肉親であっても、冷徹に処理を執行せねばならぬのだ」

止弦は言葉を切り、じっと清弦を見据える。

「十五年前のあの日——母親の最期《さいご》は、貴様も覚えているだろう」

それは清弦にとって、忘れることのできない出来事だった。

清弦の母親が〝呪禁物忌《じゅごんものいみ》〟になったという事実が発覚したその日のことだ。夫であるはずの止弦は、その事実を知るや否《いな》や、迅速《じんそく》に妻を処理したのである。幼い清弦の見ている前で、顔色ひとつ変えることなく。

「てめえが母さんを殺したように、あいつを殺せって言うのかぁ〜〜っ……!?」

清弦が睨みつけるも、止弦は一切動じた様子はなかった。

「できぬ、とは言わせぬ。貴様は天若の名を継ぐ者なのだ。〝律《りつ》〟を統《す》べる者として、そして白虎の後継者として、心の迷いを捨てねばならんのだ」

清弦は何も答えられなかった。

確かに今の自分は未熟だ。天若や〝律《りつ》〟を否定するつもりもない。しかしあの女を殺すことは、本当に正しいことなのか——。

黙りこんでいる清弦を見て、止弦は眉《まゆ》をひそめる。

「もし貴様にやれなくとも、結果は同じだ。他の者に始末させるまでよ。……夕弦」

夕弦は顔を上げ、「はい」と頷《うなず》く。

職務に忠実な彼女のことだ。当主の命令を違《たが》えることはあるまい。

「わかった」捨《す》て鉢《ばち》の気分で、清弦が吐き捨てる。「他の人間にやらせるくらいなら、俺がこの手で始末をつける……！」

※

陽《ひ》の光の当たらない地下室は、じめじめとした湿気に満ちていた。空気は淀《よど》み、衛生状態も最悪だ。

岩壁と鉄格子《ごうし》で囲まれた二畳ほどのこの部屋は、本家では懲罰房《ちょうばつぼう》と呼ばれている。

幼い頃に清弦も、父親の手で何度かここに入れられたことがあった。光も射《さ》さずろくな食べ物も与えられない、絶望の空間。最悪の思い出である。

普通の人間がこんなところに何日もいたら、身体か精神のどちらかが参ってしまうことになるだろう。

清弦は鉄格子越しに、中の白いワンピースの女性に声をかける。

「よぉ、元気かぁ〜〜?」

「ああ、清弦さん」音海紫が、普段と変わらぬ笑顔で微笑《ほほえ》んだ。「ええ、私はいつでも元気ですよ」

とはいえその言葉とは裏腹に、彼女の頬《ほお》には生気がない。それが強がりの類《たぐい》であることは清弦にもよくわかる。

「まあ、目が覚めたら牢屋《ろうや》の中でしたし……。こんなところにいたら、身体がなまっちゃいそうですけどね」

それでも紫の呑気《のんき》な声色《こわいろ》は、まるでいつもと変わらなかった。

そう。不思議なほどに、なぜかいつも通りなのである。彼女はもう、清弦こそが兄を手にかけた殺人者であると知っているはずなのに。

そのことが無性に、清弦の胸を締めつける。

「ねえ清弦さん、今日は一緒にお散歩できないんですか？」

「できねえなぁ〜〜……」

「じゃあ、明日は？」

「明日も無理だな。あんたがもう……外を歩くことはねえ〜〜……」

ため息交じりに、清弦が告げる。

「あんたは今日、ここで死ぬ。俺の手でなぁ〜〜」

「あぁ……やっぱりそうなんですね……」紫が表情に影を落とした。

「すまねえ……なぁ〜〜……」

「あの。やっぱりこれって、私が調べていたことが問題だったのでしょうか」

紫の問いに「そうだな」と頷く。

「天若家の——〝律《りつ》〟の活動は、誰にも知られるわけにはいかなかった。だから、それを目撃しちまったあんたの口を、どうしても封じなくちゃならねえ」

「それが掟《おきて》だから？」

「そうだ」

頷く清弦を、紫の瞳がじっと見つめる。

「……掟……とても大事なものなのですね」

「ああ……そうだなぁ～」

「ねえ、清弦さん。その……最期《さいご》に教えてください」

紫の視線は、一切ぶれずに清弦に注がれている。

「どうして兄さんは死ななければならなかったのか。どうして清弦さんが兄さんを殺さなければならなかったのか……」

そうだった。音海紫は、それを知るためにわざわざ密航までして土御門島にやってきたのである。それを懇願する彼女の表情は、いつになく真剣なものだった。

「あんたは、こんなときでも好奇心旺盛なんだな……」

「それが性分なもので」紫が優しく微笑む。

彼女とのこんなやり取りも、これが最後だ。清弦はまるでざんげをするかのように、一言一言ゆっくり語って聞かせた。

「あんたの兄さんは、〝呪禁物忌《じゆごんものいみ》〟だった」

「〝呪禁物忌《じゆごんものいみ》〟……あの夜もそう言っていましたね。なんなんですか、それは」

「呪《のろ》いみたいなもんだ。運悪くその呪いにかかっちまった人間は、確実に悲惨《ひさん》な末路を辿ることになる」

「呪い……ですか？」

「ああ」清弦が頷く。「いつ、だれが、どういう理由で〝呪禁物忌《じゆごんものいみ》〟になるのか。それはわかってねえ。ただひとつ明らかなのは、〝呪禁物忌《じゆごんものいみ》〟が、周囲に死を振りまく最悪の存在ってことだけだぁ～～」

天若に伝わる資料によれば、〝呪禁物忌《じゆごんものいみ》〟は数百年前から島の陰陽師たちを蝕《むしば》んできたらしい。禍野から漏《も》れ出る特殊な瘴気《しようき》が原因ではないかと考えられているが、詳しいことは不明である。現代に至るまで、まったく原理が解明されていないのだ。

「周囲に死を振りまくって、どういうことなんです？　どんな呪いなんですか？」

「〝呪禁物忌《じゆごんものいみ》〟になった連中は、最初は単なる眩暈《めまい》や頭痛を訴える。だが、呪いが進行すると、だんだんと理性を失《な》くす」

「理性を失くす？」

「頭の中が人間じゃなくなっちまうんだよ。最後にはまるで獣《けもの》のごとく、他の人間を襲《おそ》い始めるようになる」

清弦の言葉に、紫がごくり、と息を呑《の》んだ。

「他の人間を襲うって……なんですか、それ」

「だから、詳しいことはわからねえ」清弦が肩を竦《すく》める。「狂暴化して、手に負えなくなるんだ。戦闘に熟達した陰陽師がそんな風になったら、どうなるか想像がつくだろぉ～～？」

紫が、神妙な面持《おもも》ちで顔を伏せた。

彼女が思い描いているのは、まさに地獄《じごく》絵図だろう。だが、それも絵空事ではない。数百年前には一度、たったひとりの〝呪禁物忌《じゆごんものいみ》〟の手によって百人規模の島民が命を奪われたと記録されているのだ。

〝呪禁物忌《じゆごんものいみ》〟は、土御門島を存亡の危機に陥《おちい》らせるには十分なものなのだ。

「兄さんが、そんなことになってただなんて」

途方もない話に、紫はショックを受けているようだった。

「それでその〝呪禁物忌《じゆごんものいみ》〟を治す方法は……」

「ねぇ～～……。なにせ原因すらわかってねぇんだからなぁ～～。俺たち〝律《りつ》〟にできるのは、単純な対症療法しかねぇ」

「ええと、それって」

「他人に手出しする前に……命を摘み取ることだ……」

清弦は早口で呪文を紡《つむ》ぎ、右腕に黒煉手甲《こくれんしゆこう》を顕現《けんげん》する。

黒光りする巨大な爪《つめ》を見て、紫はきゅっと唇を引き結んだ。

「なあ、醜《みにく》いもんだろぉ」清弦が目を細める。「この黒い爪で、俺は多くの〝呪禁物忌《仲間》〟たちを切り裂いてきた。あんたの兄貴もそのひとりだ」

紫の兄、音海理士が〝呪禁物忌《じゆごんものいみ》〟であることがわかったのは、二カ月ほど前の話だ。あの男は自分の異変に気づくや否や、そのまま島を逃げ出したのだ。改めて清弦に彼を始末するための勅令が下ったのは、そのすぐあとのことである。

それを告げると、紫は「それが兄の死んだ理由ですか」と声のトーンを落とした。

「……わかりました」

「何がだぁ……」

「あの日、兄さんが鳴神町に来たのは、最後に私の顔を見るためだったんですね……。まさか、そんなひどい呪いにかかっていただなんて」

紫の白い頬を、つっと一筋の雫《しずく》が流れる。

清弦は何も応えなかった。応えられなかった。

いかなる理由があったとはいえ、この仲のいい兄妹《きようだい》に永遠の別離を強《し》いたのは自分なのだ。彼女にどれだけ恨まれようと、文句を言える立場ではない。

「俺はあんたに仇《かたき》を討《う》たせることもできねえ。せめて、兄貴のあとを追わせてやることぐらいのもんだ」

紫は「そうですか」と、泣いたような笑ったような、複雑な表情で清弦を見つめた。泣きたいときには泣けばいいのに――。この女はいつも、自分の前では笑みを崩そうとしないのだ。彼女の心境が、清弦にはまるでわからなかった。

「あんた、恨めしいとか思わねえのかよ」

「え？」紫が不思議そうに首を傾《かし》げる。

「あんたはこれから、理不尽極まりない理由で殺される。それも、兄を殺した俺の手で、だ。恨み言のひとつくらいあってもいいじゃねえか」

「恨み言なんて、私は別に」

平然と告げる紫の表情には、強がりを言っている雰囲気はなかった。それがどうも心に引っかかる。

「本当に何もないのか？　せっかく密航までして復讐《ふくしゅう》しに来たのに？」

「え？」紫が呆気《あっけ》に取られた顔をする。「そもそも私は別に、復讐なんて考えていませんでしたよ」

今度は清弦が呆気に取られる番だった。

「じゃあどうしてだ？　なぜ、兄を殺した男を捜していた」

「それはその……気になっちゃったからです」

「気になったって、何が」

「どうしてそんなに、辛《つら》そうなのかなって」

紫が、鉄格子越しにまっすぐ清弦を見つめた。

あの鳴神町の大学で初めて会ったときと変わらない表情だ。兄を殺したはずの清弦を憐《あわ》れむような、不思議な面持ちである。

「〝呪禁物忌《じゅごんものいみ》〟のお話を聞いて、清弦さんの事情はわかりました。兄さんが死ななければならなかった理由も。だから、清弦さんの迷いも、少しだけ理解できた気がするんです」

「迷い……だと?」

「清弦さんは、とっても優しいひとですから」

唐突に紫にそんなことを言われ、清弦は言葉に詰まった。

彼女はいったい、この状況で何を言い出すのか。

「冗談言うんじゃねえ」清弦が鼻で笑う。「これまで何人も殺し回ってきた挙句、今もあんたを始末しようとしてるんだ。その俺が、優しいわけがねえだろうがぁ」

「清弦さんが本当にひどいひとだったら、呪いにかかった仲間を手にかけるときに心を痛めたり、毎晩罪の意識でうなされたりはしませんよ」

「何をわかった風な――」

清弦が吐き捨てようとした言葉を、紫は「わかりますよ」と遮《さえぎ》る。

「わかります。私にはわかるんです」

それはまるで、優しく包みこむような声色だった。ざんげに赦《ゆる》しを与える聖母のような、穏やかな口調である。

「そうやって清弦さんは、これまでず〜っと、たくさんの大切なものを護《まも》り続けて、救い続けてきたんですね？」

「……はぁ？」

この女——この期《ご》に及んで、また素《す》っ頓狂《とんきょう》なことを言い始めた。

自分はただ、殺し奪い続けてきただけなのだ。なのにいったい、何を護れたというのだろう。

「俺が護り続けてきた、だと……？」

「はい。現に私だって、先月のあの夜、清弦さんに命を救ってもらったわけですから」

胸に手を置き、紫が言う。

「兄さんを目の前で亡くしたのは、本当に辛かったです。でも、清弦さんがあしてくれなければ、兄さんは〝呪禁物忌《じゅごんものいみ》〟のせいで他のひとを襲うようになっていたんでしょう？そうなれば、近くにいた私は真っ先に死んでいた」

「そりゃあまあ、そうだろうが」

「――そう、そうなんですよ！」

なぜか紫の表情は、憑《つ》き物が落ちたように晴れやかだった。

「あの夜、お面の下の目を見たときから、ず〜っと何か言わなきゃ、何とかしなきゃって思ってたんですけど……ようやくわかりました！」

宝石のような瞳が、じっと清弦を見つめた。

「私がね……私が清弦さんに言わなきゃいけなかった言葉は、お礼なんです」

「俺に……お礼……だと……？」

「ええ……あの日……私を救ってくれて……ありがとうございました」

紫に頭を下げられ、清弦は二の句が継げなくなってしまう。

これまで〝律《りつ》〟の特務をこなす中で、目の前で肉親を殺されたその遺族に、感謝などされたのはこれが初めてのことだった。

罵声《ばせい》を浴びせられたり、石を投げられたことだってある。彼らにとって天若家は殺人者であり、疎《うと》まれるだけの存在だったはずなのだ。

なのにこの女は、「ありがとう」と。

その言葉は清弦の胸のうちに、名状しがたい感情を生み出した。背負ってきたものが、少しだけ軽くなるような――。音海紫にかけられた言葉は、そんな魔法の言葉だったのだ。

「やっぱあんた、変な女だな」

清弦は、ふう、と深いため息をつく。彼女のたった一言でここまで動揺してしまう自分に驚きだった。

「別に、私だけが変なわけじゃないと思いますよ」紫が首を振る。「他のひとたちだって事情を知れば、きっと清弦さんの気持ちをわかってくれると思います。だって清弦さんは、その力でちゃんとみんなを護ってきたんじゃないですか」

「……そうなのか……？」

「そうですよ。誰がなんと言おうと、それは私が保証します。これまで清弦さんが頑張《がんば》ってくれたからこそ、この島は平和なわけでしょう？」

言葉を切り、紫が清弦をじっと見つめる。これまでになく凛《りん》とした物腰で、彼女はこう続けた。

「天若清弦は、これまで何も間違えたことなどしていません。誰かを護るためにその力を振るってきた、立派な陰陽師です」

清弦は「何言ってんだ」と紫から顔を背《そむ》ける。彼女に突然、自身を全肯定され、気恥ずかしいものを感じてしまったからだ。

いや——気恥ずかしさとは少し違うかもしれない。これは喜びに似た感情だ。自分の全て《すべ》——これまで積み重ねてきた罪も苦しみも含め、天若清弦という人間そのもの——それを、彼女はこうして認めてくれたのである。不覚にもそのことに、心が震えてしまったのだ。

紫はにっこりと目を細め、清弦を見る。

「これで、少しは迷いが振り切れたり……しませんか？」

「どうだろうな。物は言いよう……詭弁《きべん》ならいくらでも吐ける……」

「そうですね」紫が頬を緩《ゆる》めた。「でも、それで清弦さんの気持ちが少しでも軽くなるなら、私はいくらでも詭弁を吐きますよ？」

これから殺されるのを待つだけの身だというのに、さきほどから彼女はいったい何を言っているのだろう。普通、自分の命乞《いのちご》いをする場面だろう。これではまるで、清弦の身を案じて助言しているようではないか。

清弦は返す返す、不思議な女だ、と思ってしまう。

「なあ。あんたいったい、何がしたいんだ」

訝《いぶか》しむ清弦に、紫が「んー」と首を傾げる。

「清弦さんの力になりたい……って答えじゃダメですか？」

「どうかしてる」清弦がため息をつく。「恨み言のひとつも言わず、これから自分を殺そうとする人間の心配をするなんて、正気じゃねえ」

「そうですね。正気じゃないかもしれません。……でも、だからこそ、私は今、ここで清弦さんと向き合っているんです」

やはり、変わった性格の女だ、と思う。

だがその性格のせいで、いつの間にか清弦は内に抱えたものを全て曝《さら》け出してしまっているのだ。彼女はこれまで誰も入りこもうとしなかったところに入りこみ、手を差し伸べてくれようとしているのである。

決して不快な気分ではない――。そして不快な気分ではないのが、清弦はものすごく腑《ふ》に落ちなかった。どれだけこの女は、自分のペースを乱せば気が済むのだろうか。

当の彼女は、「ともかくまあ、これで言いたいことは全部言い切りました」と、なぜか清弦以上にスッキリとした表情をしている。

「覚悟はもう……できてますから」

清弦が眉をひそめる。それはいったい、どういう意味なのか。

「死ぬのは怖いし……本土のお父さんのことを思うと胸が痛いけど……こうして清弦さんの穏やかな表情を見ることができましたしね」

薔薇《ばら》色の唇の端を緩め、紫が困り笑いを浮かべる。

「私の死が……清弦さんの大切なものを護ることに繋《つな》がるなら、後悔はありません」

彼女が己の犠牲を是認《ぜにん》しているのは、こちらの事情を鑑《かんが》みてのことだろう。たとえここで命乞いをしたところで、それは天若の掟に従わねばならない清弦を苦しめるだけ――そんな風に思っているのかもしれない。

「さあ……どうぞ」鉄格子の隙間《すきま》から伸びた白い手が、清弦の黒煉手甲を撫《な》でる。「最期に私を看取ってくれるのが、清弦さんでよかった……」

世の中に尊《とうと》い自己犠牲というものがあるとすれば、きっとこういうものだろうか。

清弦は思わず、ため息を漏らしてしまった。

「馬鹿かぁ～～……」

「……え？」

「馬鹿だ馬鹿だと思っていたが、あんたは本当に、本物の……正真正銘《しょうしんしょうめい》の大馬鹿野郎だなあ～～!!」

清弦が張り上げた怒声《どせい》に、紫は眉根を寄せた。

「ちょっ……どうして怒っているんです？　っていうか、いくらなんでも大馬鹿野郎はヒドイですよ」

「俺がやってきた殺しのおかげで救えたものがあっただぁ～～？　あんたの死で護れるものがあるだぁ～～？　ふざけんじゃねえぞぉ～～！　あんたの〝死〟で護れる大事なものなんざねえんだよ!!」

「え、で……でも、天若家の掟は？」

「そんなもん知るかあああああ～～～～!!」

感情のままに、清弦は右腕を振るう。黒煉手甲の黒い爪は、目の前の鉄格子をバターのようにたやすく切り裂いてしまった。

自分を閉じこめていた檻《おり》が破壊されるのを目《ま》の当たりにして、紫は「ええ～～っ!?」っと、目を丸くする。

「天若家の掟なんざ関係ねえ。これから俺が従うのは……俺が護るのは、俺の掟だけだ！」

呪装《じゆそう》を解いたその右手で、紫の手を握る。

いまだに紫は清弦の意図を判じかねているらしい。ぽかん、と口を半開きにしていた。

「あんたが言ったんだろ。俺の仕事は、誰かを護ることなんだって」

「え？　あ、はい……」

「だから、俺が護るつってんだよ。紫」

第《だい》四章《しょう》

紫《ゆかり》の手を引き、清弦《せいげん》は地下から階段を駆け上る。

これから自分が行おうとしていることは、完全に天若家《あまわかけ》への敵対行為だ。あのクソ親父《おやじ》だけではなく、〝律《りつ》〟の執行者全《すべ》てを相手にすることになるだろう。

紫の手を、きゅっと強く握る。こうして手を握ったのは、最初の調査の日以来だろうか。あのときは自《みずか》ら放したこの手を、今度は絶対に放さない。放すわけにはいかない。

「あ、あの、清弦さん。いいんですか、こんなことをして」

「さあなぁ～～」言葉とは裏腹に、清弦の頬《ほお》は緩《ゆる》んでいる。「だが、不思議と悪くねえ気分だ。むしろ、もっと早くこうしときゃよかったんだ」

不思議と怯《おび》えはなかった。物心ついて以来、父親、止弦《しげん》に感じていた畏《おそ》れやトラウマは、今やすっかり霧消《むしょう》している。

それはこの繋《つな》いだ手のぬくもりのせいだろうか。

もはや誰が敵に回ろうと、躊躇《ちゅうちょ》はない。紫を護《まも》ると決めたのだ。それは十二天将《じゅうにてんしょう》でも〝律《りつ》〟の執行者でもなく、天若清弦としての決断である。

「清弦様」

階段を上り切った先で、清弦の耳に聞きなれた声が響《ひび》く。

「いかがなされました。処理する予定の女を連れ出すなど」

黒い狩衣《かりぎぬ》を纏《まと》った、隻眼《せきがん》の少女――夕弦《ゆづる》だ。

その右手の中には戦闘用の霊符《れいふ》が数枚。清弦らを待ち構えるようにして、彼女はそこに立っていた。

「まさかその女を連れて、共に屋敷から逃げようとしている……というわけではないですよね……」

「どけ……夕弦」清弦も懐《ふところ》から霊符を取り出し、構えを取る。「邪魔《じゃま》するなら、てめえだろうと容赦《ようしゃ》はしねえ」

清弦に睨《にら》みつけられ、夕弦は眉《まゆ》をひそめた。

「ここから逃げ出してどうするつもりです」

「あとのことなんざ考えてねえよ」

「当主様はすでに、その女を始末しろとの勅令《ちょくれい》を出しておいでなのです。土御門島《つちみかどじま》に戻ろうが、本土に渡ろうが、〝律《りつ》〟の執行者たちは彼女の命を狙《ねら》い続けるでしょう。清弦様のしようとしていることは、無駄な抵抗だと言う他ありません」

「無駄な抵抗、上等じゃねえかぁ。俺が全部返り討《う》ちにしてやるよぉ～～……！」

清弦が吐き捨てるように告げると、夕弦は「そうですか」と懐に霊符をしまう。

「どういうことだ夕弦……」清弦は首を傾《かし》げる。

「現在のところ、清弦様の造反をお止めせよという命令は受けていませんから」

真面目《まじめ》な彼女らしく、杓子定規《しやくしじようぎ》な答えだった。

「それに、清弦様自身がその女性を護ると決めたのであれば、わたしには口を出すことなどできません。天若の後継者である前に、あなたはひとりの人間ですから。その決断を尊重いたします」

「夕弦……お前」

表情を変えず、夕弦は清弦をじっと見つめた。

「もっとも、正式な命令が下れば、容赦をするつもりはありませんが」

「ええとつまり、今は見逃してくれるってことですか？」紫が尋《たず》ねる。

夕弦が一歩下がり、こちらに道を譲る。「このまま屋敷の裏口から林を通って、島の裏手の船着き場へと向かってください。多少遠回りにはなりますが、家の者に出くわすことなくこの島を離れることができるはずです」

「あ、それはどうも、ご親切に」

紫が頭を下げた。

「わたしが清弦様をお手伝いできることなど、多くはありません。あとは……なるべく事実の発覚が遅れるよう、皆の気をそらしておくことくらいでしょうか」

「恩にきる……夕弦」

「いえ……」夕弦が首を振る。「宗家《そうけ》の後継者のお力添えをするのは、分家の者として当然のことですから」

夕弦はちら、と紫の顔を一瞥《いちべつ》し、頭を下げた。

「どうか清弦様を、よろしくお願いします」


夕弦にあとを任せ、屋敷の外に出る。

いつの間にか、雨が降り始めていたらしい。さあっと、雨粒が木々の葉を叩《たた》く音が聞こえてきた。水気を含んだ嫌な空気が、べっとりと身体《からだ》にまとわりつく。

「足元に気をつけろ。ぬかるんでるからなぁ～～」

紫の手を引き、林の出口を目指す。なるほど夕弦の言う通り、このルートで行けば人目に触れることはないだろう。

島の裏側にあるもうひとつの船着き場にも、もうじき定期船が来るはずだ。それに彼女を乗せることができさえすれば、島から無事に脱出させることができる。

「あ。あれが船着き場ですか」

雨の中を数十分ほど歩いた頃だろうか。林の出口に辿《たど》りつき、紫が口を開いた。

「船着き場っていうか、もう港ですね。大きいなあ」

「天若《うち》はいろいろとキナ臭《くせ》ぇことやってるからな。こういう港も必要なんだよ」

目に入るのは、コンクリートで舗装《ほそう》された巨大な港である。客船や貨物船クラスでも停泊できる規模だ。貨物ブロックがいくつも積み上げられているのが見える。

ここで待っていれば、まもなく定期船が到着するだろう。

「ううん、なかなか来ませんね。追手のひとたち来ちゃいませんかね？」

「時間的には、そろそろ船が来るはずなんだがなぁ〜〜」

海面に目を向けるが、大粒の雨が水面を叩いているだけだ。波は高く、航行中の船の姿はない。

天候のせいで、運航ダイヤが遅れているのだろうか。清弦は「ちっ」と舌打ちする。

夕弦が時間稼ぎを買ってでてくれたとはいえ、いつまで持つかはわからない。船が早く来てくれなければ、自分たちはかなりまずい状況に陥《おちい》るだろう。

手のひらで雨避《あまよ》けの庇《ひさし》を作りながら、ふと紫が「あの」と声をあげた。

「ええと、さっきの女の子ですけど」

「夕弦のことか？」

「ええ、夕弦さんというんですか。清弦さんとはどういったご関係の方なんでしょう？」

俄《にわか》には質問の意図《いと》が汲《く》み取れず、清弦は眉をひそめる。

「ただのいとこ同士だが……？」

「ああいえ、そういうことではなく」

「じゃあなんだよ」

「その……男女の特別な関係だったりするのですか？」

紫に大真面目《まじめ》な顔で見上げられ、清弦は「はあ？」と眉をひそめる。こいつ、またしても変なことを言い始めた。

「んなわけねぇだろ。夕弦とは武芸の師が同じで、歳《とし》も近いからな。付き合いも長いだけだ。浮《うわ》ついた感情なんて持ってねぇよ」

しかし清弦がそう説明しても、紫は納得した様子を見せなかった。

「そう思っているのは清弦さんだけかもしれませんよ」

「根拠は」

「根拠なんてありません。なくたってわかります」

にこり、と微笑《ほほえ》む紫に、清弦は頭を抱える。

「……全然わかんねぇ〜」

彼女は一応、研究者ではなかったのか。この非論理的な言動はいったい何なのだろうか。

清弦が文句を言おうとしたそのとき、後方の林の出口に人影を発見する。

白髪の入り交じった、厳しい顔つきの壮年の男だ。雨の中、男は悠然《ゆうぜん》と何かを引きずりながら歩いてくる。

「この愚《おろ》か者が。逃げても無駄だ」

天若止弦――天若家当主にして〝律《りつ》〟の長《おさ》が、直々《じきじき》に追手としてやってきたのだ。

※

「話は全て、こやつから聞かせてもらったわ」

止弦が足元に目を落とす。

その手に握られているのは、今しがた別れたばかりの夕弦の髪だ。

「うう」と呻《うめ》く夕弦は、まさに満身創痍《まんしんそうい》だった。狩衣は全身あちこち破れ、赤い血を滲《にじ》ませている。顔には痛々しい青痣《あおあざ》ができていた。

彼女は清弦に目を向け、「申しわけございません」と息も絶え絶えに告げた。

「夕弦っ……‼」

「たかが犬に情を注ぐな」眉ひとつ動かさずに止弦が言う。

「犬だと……!?」

「貴様が逃亡を企《くわだ》てていることなど、すでにわかっておったのでな。あくまで隠し立てをしようとするこやつの尻《しり》をちょっと叩いてやっただけのこと……。犬には、教育が必要だろう?」

「てめえ〜〜!」

清弦が怒気《どき》を向けるも、止弦にはまるで応《こた》えている風はない。

この男にとっては、〝律《りつ》〟の掟《おきて》は絶対なのだ。それに歯向かおうとする者には、どれだけ厳しい制裁を科《か》しても心が痛むことはないに違いない。

「大丈夫ですか、夕弦さん!」

紫が夕弦に駆け寄り、肩を貸して立ち上がらせた。手当てをするつもりなのだろうか。ふたりで貨物ブロックの傍《そば》へと向かう。

その途中、紫は清弦と止弦の顔を見比べながら、

「あの方が、清弦さんのお父さんですか?」

「あんなものは親父でもなんでもねぇ〜〜」

「弛《たる》んでおる。弛んでおるなぁ」止弦が難しい顔で首を振る。「そんな女を庇《かば》うために天若の掟を破ろうとは。そこまで浅はかな人間に育てたつもりはなかったぞ」

「俺だっててめぇに育てられた覚えはねえよ」

「その生意気さが最大の欠点だな」止弦が鼻で笑う。「貴様はただ、儂《わし》の言うことを聞いていればよかったのだ。さすれば十二天将としても〝律《りつ》〟の執行者としても、完璧《かんぺき》な陰陽師《おんみようじ》になれたものを」

「冗談抜かすんじゃねぇ〜〜。てめえの操り人形なんざ、死んでもゴメンだぁ〜〜」

あくまで反抗的な清弦の姿に落胆《らくたん》したのか、止弦は「やれやれ」と首を振る。そうして懐から取り出したのは、数枚の霊符だ。

砕岩獅子《さいがんしし》に鎧包業羅《がいほうごうら》、飛天駿脚《ひてんしゆんきやく》……そして、〝律《りつ》〟の象徴とも言うべき黒煉手甲《こくれんしゆこう》。あくまで止弦は、力ずくで清弦を止めるつもりらしい。

「不出来な息子には、改めて躾《しつけ》を施してやらねばならぬなぁ〜〜」

「当主様直々にご指導かぁ……。最初からそうしてりゃよかったんだよ」

「──ふん。手負いの貴様ごときが、〝律《りつ》〟の長に歯向かえると思うな」

父親をまっすぐ睨みつけ、清弦も霊符を構えた。

「「邪爪顕符《じやそうげんぷ》。黒煉手甲。喼急如律令《きゆうきゆうによりつりよう》……！」」

清弦と止弦が、ほぼ同時に黒煉手甲を呪装《じゆそう》する。

止弦の黒い爪《つめ》も、かつては清弦同様に、幾人《いくにん》もの同胞《どうほう》たちの血を吸ってきた忌《い》むべき刃《やいば》だ。唯一違いがあるとすれば、この男はその凶爪《きようそう》を振るうことに何らの躊躇も見せなかったことだろう。冷酷無比《れいこくむひ》に任務を遂行するその様は、〝律《りつ》〟執行者の間でも語り草になっているほどだ。

「『二爪《にそう》の止弦』。昔は他の陰陽師から、そんな風に呼ばれてビビられてたんだったかぁ〜〜？」

「昔は、ではない。今もだ」

止弦が地を蹴《け》り、まっすぐに清弦の方へと向かってくる。

呪装による補助があるとはいえ、五十がらみの男とは思えない瞬発力だ。あっという間に距離を詰められ、肉薄する。

「せ、清弦さんっ！」

桟橋《さんばし》に置かれていた木箱の陰《かげ》から、紫が声を上げた。

だが、今の清弦には声に応えるゆとりなどない。止弦の繰り出す二爪を食い止めるので精一杯だったからだ。

「どうした、そんなものか！」

まるで暴風のごとく、上下左右から爪が襲《おそ》ってくる。その変幻自在の攻撃の前には、清弦が攻撃に転じる隙《すき》などなかった。防御を疎《おろそ》かにした瞬間に、その爪は清弦を引き裂いてしまうだろう。

叩きつけるように相手の爪を打ちはらい、清弦は必死で距離を取る。

こうして爪を何度か打ち合わせているだけでも、かなりの衝撃が伝わってくる。黒煉手甲を使いこなした年季が違うのだろう。一撃一撃が、鉛《なまり》のように重い。

先日負傷した胸骨《きようこつ》がずきりと痛み、清弦は「ぐうっ！」と顔をしかめた。

「そんだけ動けりゃ、今でも禍野《まがの》で前線張れるんじゃねえのかぁ!?」

「天若の当主たる者、日々研鑽《けんさん》を欠かしてはおらぬ。青二才ごときに後《おく》れをとると思うか」

再び爪を振りかぶり、止弦が飛びかかってくる。

この二爪と真っ向から打ち合うのは得策ではない。近接戦闘は避けるべきだろう。

「それなら」清弦の黒煉手甲が、足元を穿《うが》つ。船着き場を舗装していたコンクリートが砕け、大小の欠片《かけら》を生み出した。

清弦はコンクリ片を拾い上げ、呪文《じゆもん》を吟《ぎん》じ始める。

「み恵《めぐ》みを受《う》けても背《そむ》く敵《あだなえ》は、篭弓羽《かごゆみは》々矢《はや》もてぞ射落《いお》とす……！」

止弦が「むうっ」と眉をひそめたときには、すでに準備は完了していた。

清弦は手のひらの上の小石に呪力《じゆりよく》をこめ、勢いよくそれを弾《はじ》く。

「裂空魔《れつくうま》弾《だん》、急急如律令！」

言葉と共に、コンクリ片の弾丸が放たれる。

小さくとも、巨石をも砕く呪力を帯びた弾丸だ。さしもの止弦も、至近距離からの裂空魔弾を躱《かわ》しきることはできなかったのだろう。足を止め、黒煉手甲でそれを切り払った。

「この程度の豆鉄砲が通用するか！」

「一度で仕留められるなんて思ってねぇ〜〜」

続けざまの裂空魔弾。清弦は機関銃さながらに、次々とコンクリ片を発射する。

止弦は初めて「ぬうっ」と顔をしかめる。

いかに両の爪があろうとも、この弾幕の前では防戦一方のようだ。攻守は完全に逆転した。こうして距離さえ取れれば、二爪も恐れるに足らずである。

あとは、このまま遠距離から打ちこみ続けられるかどうかだ。つまるところ呪力のスタミナ勝負だろう。これなら、現役の陰陽師たる自分に分《ぶ》があるはず——清弦は状況をそう分析したのだが……。

「やはり未熟者よ……」

止弦が口の端を歪《ゆが》めた。その表情に、清弦はぞくりと背筋が震えあがるのを感じる。

この男の性格を知る清弦だからこそわかる。止弦はまだ、奥の手を隠し持っている。

とっさに周囲を見渡す。何か、悪意の塊《かたまり》のようなものを感じたのだ。

だから、貨物ブロックの傍――紫の背後に〝それ〟を見つけたとき、清弦は怖気《おぞけ》のあまり全身の血が凍《こお》りついた。

長さ三十センチほどの黒光りする刃。それが今まさに彼女の背中を目がけ、高速で飛来していたのである。

清弦は思わず叫んでいた。

「そこを離れろ、紫ぃぃぃぃぃっ！」

急に名前を呼ばれ「え？」と紫は首を傾《かし》げた。

ダメだ。彼女は何も気づいていない。このままでは、あの刃に突き刺されてしまう。

そう思った瞬間、清弦は全力で駆け出していた。飛天駿脚にありったけの呪力を注ぎこみ、飛びこむようにして紫の上に覆《おお》い被《かぶ》さる。

「きゃあああああっ!!」

思わず「ぐうううっ」と歯《は》噛《が》みする。

紫が驚きの叫びを上げるのと、清弦が苦悶《くもん》の呻きを漏《も》らしたのは、ほぼ同時だった。

清弦の右肩には、黒い刃が深々と刺さっている。刺された部分からはごぽりと血が溢《あふ》れ、燃え上がるような痛みが湧き上がってきた。

それを見た紫の表情から、血の気が引いていく。

「無事、か……!?」

「せ、清弦さん、私を庇って……!」

「俺のことなんざどうでもいいぃ〜……!」

必死で平静を保とうとはしているのだが、思ったよりもダメージは大きい。目が霞《かす》み、右手が震えている。おそらくは刃に毒性の呪《しゅ》が付与されていたのだろう。全身に痺《しび》れが走り、地面に膝《ひざ》をついてしまう。

もはや清弦は、まともに立ち上がることすら困難な状態であった。ただの一撃でここまでの深手を受けることにはなるとは。紫を庇うことができただけ、まだ不幸中の幸いだったのかもしれないが。

地に伏す清弦を見下ろし、止弦は睨みをきかせる。

「本来はその女の心臓を抉《えぐ》りとってやるつもりだったのだがな……。儂の〝飛爪《とびつめ》〟によくぞ気づいたな」

「〝飛爪〟だぁ?」

「そう。この音無しの毒刃こそが、儂のもうひとつの呪装よ。『二爪』とは両腕の〝黒爪〟と、この〝飛爪〟――二種の爪を指す言葉なのだ」

ようやく清弦は気づく。両腕に呪装している黒煉手甲だけが、止弦の武器ではなかった。

おそらくそう思わせることすら戦術の一部なのだろう。

相手の意識を両手に集中させている隙に、三本目の爪を音もなく密《ひそ》かに射出、遠隔操作し、死角を突く――それがこの男の真の戦闘スタイルだったのだ。

「狡猾《こうかつ》つーか卑怯《ひきょう》つーか……実に日陰者らしい戦い方じゃねえかぁ〜〜」

揺れる意識の中で、必死に自己を繋ぎとめるため気炎《きえん》を吐く。

この〝飛爪〟とやらには、それ自体にほとんど殺傷能力はない。無防備な死角を狙い、呪毒《しゅどく》を与えるための呪装なのだ。おそらく、大型のケガレ相手に用いたところで大した効果は得られないだろう。

つまりあくまでも対人呪装――人間を殺すことに特化した、暗殺用の呪装ということだ。

「なんとでも言え。我らは、異端者の処理を至上命題としてきたのだ。〝飛爪〟はその理念の帰結にすぎぬ……。第一、それを言うなら貴様とて、これまで多くの標的を始末してきた、同じ穴の貉《むじな》ではないか」

右の黒爪を振り上げ、止弦は紫を指し示した。

「その女の兄を始末したのも貴様だ。貴様はどうあっても、その事実からは逃れられん」

「ああ、そうだな。俺だっててめえと同じだ。俺はただの殺人者だ」

右腕の黒い爪に目を落とし、清弦が頭を振る。

「だからって紫だけは殺させねぇ〜〜……。こいつは〝異端者〟でも〝呪禁物忌《じゅごんものいみ》〟でもなんでもねえ。掟なんざ、クソくらえだ」

「清弦さん……」

紫が目を潤《うる》ませ、ぎゅっと清弦の腕をつかむ。

止弦は「ふっ」と鼻で笑う。

「だから、貴様が護るというのか？　〝飛爪〟の呪毒を受け、もはや自由のきかぬその身体で何ができる」

「身体が動かなくても、てめえの喉笛《のどぶえ》噛みちぎるぐらいはやってやれらぁ」

痺れる身体に鞭《むち》を打ち、清弦はゆっくりと立ち上がる。毒は思いのほか身体に回っているようだ。もう右半身がほとんど動かない。

それでもこの目の前の男を倒さねば、紫が殺される。彼女を護れるのは自分だけなのだ。

だから、やらねばならない。それが自分で決めた、自分の掟だ。

なんとか身体を引きずりながら、清弦はゆっくりと止弦に近づく。亀《かめ》の歩みよりも鈍《にぶ》い自《みずか》らの動作に、焦燥《しょうそう》すら覚えながら。

そんな清弦に向け、止弦は落胆《らくたん》のため息をついた。

「あわれな……。そんな女のために命を投げ捨てようとは」

「気づいただけだ。天若の操り人形になるくらいなら、紫を護るために命を張った方が百倍マシだってなぁ～～！」

猛《たけ》る清弦に、止弦は「ふっ」と眉をひそめる。

「やはり貴様は出来損ないだった。天若の後継者には、別の者を探すことにしよう」

まるで使い捨ての日用品を買い替える程度の気安さで、止弦はそんなことを告げる。

そのまま泰然《たいぜん》とした歩みで清弦に近づき、

「未熟な失敗作には、儂自らが引導を渡してやる。貴様はここで死ね」

大きくその右腕の黒い爪を振りかぶった。

清弦は微動だにしない。じっと、自分の身体を貫《つらぬ》こうとする父親の顔を見つめている。

「清弦さんっ……やめてっ……！　やめてええええええっ!!」

毒のせいだろう。そんな紫の悲鳴も、はるか遠くに聞こえていた。

自分にできることはもはや、この男を睨みつけることのみだ。それで一分一秒でも彼女を生存させられるなら、決して無駄なあがきではないだろう。

「そうだ。俺は紫を護る……！　〝律《りつ》〟だろうが天若家だろうが……たとえ島の陰陽師を敵に回そうとも、俺は俺の大事なものを、自分の手で護り抜く!!」

止弦の黒い爪が、真上から振り下ろされるのが見えた。なぜかそれは、非常にゆっくりとした速度である。蟻《あり》だって仕留められないようなスローモーションだ。

気づけば清弦は、静寂の中にいた。雨の音も波の音も、紫の声も聞こえてこない。死を前にして、時間の感覚がおかしくなってしまったのだろうか。周囲の空気の流れが止まっているような、不思議な気分だった。

ふと、どこからともなく『ふっふっふ』という笑い声が響く。

『よかったなぁ孤弦《こげん》。やっと……や〜っと気づいてくれる者が現れたようだぞぉ〜』

心の奥まで染み渡るような、深く威厳のある声。聞いたことがないはずなのに、清弦はその声の主を知っている。なぜかそんな気がした。

「式神《しきがみ》……？　な……なんだてめぇは〜〜？」

『わかんねえのか清弦。これまでずっと一緒にいてやったというのに』

胸のあたりに違和感を覚える。気づけば懐に入れていたはずの霊符——『獣爪顕符《じゅうそうげんぷ》』が、煮えたぎるような熱を発しているのだ。

「まさか……白虎《びゃっこ》か……。十二天将……白虎なのか」

『そのとおり』声が鷹揚《おうよう》に首肯《しゅこう》する。『こうして人間と話をするのも孤弦以来か。待ちくたびれたわ』

まさか、霊符に宿った式神と意思疎通ができるとは思ってもみなかった。さすがは伝説の陰陽師、安倍晴明《あべのせいめい》の式神というところか。

「じっさまとも話ができたのか。……つうか、さっきの『よかった』ってどういう意味だ」

『孤弦はずっと嘆いてたぜ……。掟を守ることが、人を殺すことそのものが目的になっちまってる……このままじゃあ白虎を継いでくれる者がいなくなるってなあ』

「何だ……どういうことだ」

『何故《なぜ》、十二天将《おれ》が血なまぐさい天若の家に代々根を下ろしていると思う？　強大な力で人を殺すためか？　恐怖で人を屈服させるためか？　違《ちげ》え～～』

白虎の声色《こわいろ》は荒々しい。だが、その荒々しさの中にも、どこか気高い優しさのようなものを感じられるような――そんな気がするのだ。

『俺が天若と共にいるのは、お前たちが……人が人として失《な》くしちゃいけねえものを忘れさせねえためだ』

「人が人として、失くしちゃいけねえもの……」

白虎が『くくくく』と含み笑いを浮かべる。

『孤弦がお前にになら継がせてもいいと思った理由がわかるぜ。その目の下の隈《くま》、孤弦とそっくりだ。あいつも天若の掟にずっと心を痛め続けていたからなあ』

「じっさまも……そうか……」

『なあ、わかるかぁ、清弦？　俺がお前の前に顕《あらわ》れた理由が。血で血を洗う天若が、絶対《ぜって》え忘れちゃいけねえもんが』

「……ああ、わかるぜ。あいつが……紫が教えてくれたからなぁ〜〜」

熱く滾《たぎ》るこの胸の鼓動は、昨日までの自分にはなかったものだ。

誰かを護るという強い想《おも》い――。それが、身体の内側で弾けそうなほどの熱量を発しているのである。

衝動の赴《おもむ》くまま、清弦は叫んだ。

「俺はもう迷わねえ……。白虎、俺と共に来い！」

『いいだろう』白虎が満足そうに告げた。『ならば唱《とな》えよ。我が爪を醒《さ》ませし術言《じゅごん》を』

身体に気力が漲《みなぎ》ってくるのを感じた。今の自分ならできる。紫を護ることができる。

胸元から霊符を取り出し、清弦はその言葉を口にした。

「獣爪顕符。白蓮虎《びゃくれんこ》砲《ほう》……急急如律令」

瞬間、周囲に白い光が溢れる。停滞していた周囲の感覚が、一気に戻ったのだ。

清弦の右腕に顕れたのは、黒煉手甲とは対照的な、輝くような純白の爪――。十二天将「白虎」に受け継がれる呪装、白蓮虎砲だ。

祖父、孤弦が生前に呪装していたものとは細部が異なるが、その圧倒的存在感は本物だ。

まるで右腕に獰猛《どうもう》な獣《けもの》を宿したかのように、強大な呪力に溢れている。

あの止弦でさえ、振りかぶろうとしていた黒い爪を止め、その白い輝きに魅入っていた。

「貴様、その呪装は……！」

「ようやく、白虎が応えてくれた」清弦が自らの右手に視線を落とす。「多分あんたじゃ一生かかっても手にすることはできねぇ～……」

「何だと……!?」

清弦が白の爪を構え、止弦を見据える。

先ほどまで引きずっていた右半身が、嘘《うそ》のように軽い。むしろ全身が太陽のごとき熱を発し、活力と呪力に満ち溢れているようだった。

「膨《ぼう》大《だい》な呪力の流れによって〝飛爪〟の呪毒をも霧消させたというのか？　どうやらその呪装、本物の白虎らしいな」

止弦が歯噛みする。

元来、霊符というのは陰陽師が呪力を外部に蓄積《ちくせき》しておくための媒体《ばいたい》である。用いる霊符によって呪力の蓄積量は異なるものだが、この『獣爪顕符』のような十二天将の霊符には、別格の呪力が封じられているものだ。天若の黒煉手甲《ダミー》と比べれば、水たまりとダムぐらいの差はあるだろう。

大きな呪力は、水の流れのように小さな呪力をのみこんでしまう。清弦の身体を蝕《むしば》んでいた呪毒は、膨大な白虎の呪力が清弦の肉体に流入したことによって、完全に洗い流されてしまったというわけだ。

「俺たちが本当に守らねえといけないのは、掟なんかじゃねえ。白虎を受け継ぐために必要なのは……人間が当たり前に持ってる……〝愛〟だ」

止弦が目を見開き、地面を蹴る。「この青二才が、痴《し》れ言《ごと》を抜かすかぁ！」

清弦は、白蓮虎砲で迎撃をする。「この頑固《がんこ》親父が、なんでわからねえ！」

再びの至近距離。先手を取ったのは止弦だ。右手の黒い爪が清弦の脇腹をかすめた。鎧包業羅の守りを貫通し、皮膚《ひふ》を裂く。

だが、白蓮虎砲は打ち負けない。弾いたその黒い爪に、ひびを走らせる。

たとえるならば、黒炭とダイヤモンドの打ち合いだ。同じ爪であっても、その硬度には絶対的な差がある。白の爪は、黒の爪を完全に圧倒していたのだ。

「ぐうっ」と顔をしかめたのは止弦だった。膝をつき、その場に頽《くずお》れる。

右手の爪は完全に砕かれ、霧消してしまっていた。左手も似たようなものだ。呪装のあちこちにひびが入り、形状を保つことが困難になっている。

呪力が陰陽師の意思の力なのだとすれば――。この男のよって立つ大義が、清弦の手に

よって打ち砕かれようとしているのだろう。

「まだだ……！　かつては十二天将をも凌《しの》ぐと言われたこの『二爪』が、貴様のような出来損ないに負けるはずがない……！」

止弦の目が、かっと見開かれる。最後の抵抗をしてくるつもりなのだろう。

清弦はしかし、そんな父親を冷たい瞳《ひとみ》で見下ろすだけだった。

「もうやめろぉ〜〜。あんたはずっと間違ってたんだよ」

「痴れ者があああっ！　黙れえええええっっっ!!」

「だから、やめろって言ってんだろうがぁ！」

清弦が後ろを振り向く。視界に映るのは、例の〝飛爪〟だ。またしても背後から、清弦を狙おうとしていたのだろう。

清弦はその刃を、白蓮虎砲で軽く叩き落とす。害虫を駆除するように、いともたやすく。

「起死回生のつもりだったのかもしれねえがな、タネが割れてるんじゃ、不意打ちにもなりゃあしねぇ〜〜」

止弦が「ぐぬう」と顔をしかめた。

「無駄だ。もうてめえじゃ白虎《おれたち》は止められねえ」

白蓮虎砲を構えたまま止弦の傍へ歩み寄り、じっと見下ろす。

ことごとく呪装を破壊された止弦には、もはや抵抗する術《すべ》はないようだった。両拳《こぶし》を握り、わなわなと肩を震わせている。思えば、この男がこんなに小さく見えたのは、生まれて初めてのことかもしれない。

止弦が「くくく」と忍び笑いを漏らした。

「……愉快な話よ！　白虎は、天若の理想を追い求めてきた儂ではなく、こんな青二才を選んだというのだからなぁ……！」

ゆらり、と立ち上がり、止弦は天を仰《あお》ぐ。両の眼は常軌《じょうき》を逸《いっ》したように血走り、声はわなわなと震えていた。その頰に伝わるのは雨水なのか、男の感情の発露なのか。

「認めぬ！　認めぬぞおおおっ！　このような幕切れを、儂が認められるわけがあるかあああっ……！」

「と、当主様……」

横になっていた夕弦が上体を起こし、止弦を見つめている。〝律《りつ》〟きっての忠臣であった彼女も、平静を失った主《あるじ》の姿に戸惑《とまど》いを覚えているようだった。

「お……掟は、絶対なのだあああああっ！　儂はっ……儂はなにも間違ってはおらぬのだあああああっ！」

止弦が息を荒げながら、ゆっくりと清弦の方に近づいてくる。

「貴様はっ……貴様だけは、儂が否定してやるっ……！　この異端者めっ……！」

この男の中にも、〝律《りつ》〟の長としての誇りが残っているのだろう。ここまで実力の差を見せつけられてもなお、膝を屈するつもりはないらしい。

それならば――と、清弦は白連虎砲を構える。その妄念《もうねん》に報《むく》いてやるのが、白虎を継承した者の責務だろう。

「天若が忘れちまったもんの落とし前は、俺の手でつけてやる……！」

止弦が大きく足を踏みこみ、半壊した左手の呪装を振りかぶる。

それを迎え撃とうと、清弦も呪装を突き出したのだが、

「なっ――!?」

信じられないことが起こった。止弦が、素の右手で白蓮虎砲の爪をつかみ、それを自らの胸へと導いたのだ。

「ぐううっ……ごふっ……!?」

止弦の口から、鮮血が零《こぼ》れる。

白の爪は止弦を抉り裂き、赤黒く染まっていた。

「あんた、自分で……」

「あ……愛などという胡乱《うろん》なものを……儂は認めぬ……！」

口元から多量の血液を流しながらも、天若止弦は笑っていた。

「くく……こ、これで貴様は、実の父を殺したことになる……！　どんな綺麗事《きれいごと》を吐こうとも、貴様は罪にまみれた殺人者なのだ……！」

止弦はぎりぎりと、白虎の爪を自らの内側へと食いこませていく。致命傷なのは誰の目にも明らかだ。

この男は、まるで悪意の塊だ。最期の最期まで清弦の精神を蝕《むしば》み支配しようと、呪詛《じゅそ》を紡《つむ》ぐのである。

「同胞殺しめ……！　親殺しめ……！　き、貴様は一生その呪縛《じゅばく》から逃れることは……できん……のだ……！」

「逃れるつもりなんかねぇ〜……」

清弦は力任せに、白蓮虎砲を引き抜いた。止弦の血が、周囲のアスファルトを黒く染め上げる。

「俺がどれだけ罪深かろうと……いや、罪深いからこそ、もう道を間違うことはねぇ〜。この力で大事なもんを護ることこそが、俺の新たな掟だからなぁ〜！」

背後で紫が「清弦さん……」と呟くのがわかった。

それを見ていた止弦が、真っ赤に濡《ぬ》れた口元を大きく歪ませる。

「ざ……戯《ざ》れ言《ごと》よ……」

止弦は胸元を押さえながら、背後によろめく。もう一歩後ろは海面だ。

いつの間にか雨脚《あまあし》は強まっており、埠頭《ふとう》に打ちつける波も大きくなっていた。

「き、貴様のその戯《ざ》れ言《ごと》がどこまで通用するか……。地獄《じごく》で見ていてやる……！」

それがこの男の、最期の捨て台詞《ぜりふ》だった。

止弦はそのまま仰向けに倒れるように海に身を投げ、波にのまれてしまう。水面が荒れているせいで、その身体が見えなくなるまでに、さほどの時間もかからなかった。

誰も、何も言葉を発しない。

紫も夕弦も、神妙な表情で止弦の消えた海を見つめていた。

港のコンクリートの上に残るのは、あの男が流した血と、粉々になった呪装の破片だ。

どうせそれもすぐ、この強い雨が洗い流してしまうのだろう。

ただ清弦の胸の裡《うち》にだけ、あの男の言葉が残るのだ。

おそらくは、永遠に。

「ああ……先に行って待ってろ」

贐《はなむけ》の言葉を呟き、清弦は踵《きびす》を返す。

思えばこれが天若親子の、最初で最後の本音のぶつけ合いだったのかもしれない。

※

荒涼とした禍野の大地に、白い閃光《せんこう》が迸《ほとばし》った。

巨大なケガレたちが、次々とその閃光に貫かれ、薙《な》ぎ払われ、切り刻まれ、悲鳴を上げて霧消していく。

「……一丁上がりぃ〜〜」

閃光の正体は〝白虎〟。白き呪装——白蓮虎砲だ。

天若清弦の呼吸は、まるで乱れていなかった。平静そのものといった面持《おもも》ちで、自らが祓《はら》ったケガレが消えていく姿を眺めていた。

「うおおおい！　今日は絶好調じゃねーか！　すげーな清弦！」

「うむ。今の清弦たんは名実ともに十二天将なのだ。このくらいはやってもらわねばな」

傍の狩衣姿の陰陽師は、五百蔵《いおろい》鳴海《なるみ》に嗎《いななき》新《あらた》——お馴染《なじ》みの友人たちだ。

彼らも彼らで危なげなく周囲のケガレ祓いを終了させているようで、余裕の表情で笑みを交わし合っている。

「お前らぁ〜〜。気ぃ抜くんじゃねぇ〜〜」

「いや悪い悪い！　ここまで清弦が絶好調なら、今日の任務は楽勝なんじゃねえかと思ってな！」

がはは、と鳴海が笑い声を上げる。

しかしそれとは対照的に、新は神妙な表情をしていた。

「そうは言うがな、五百蔵氏。今回の我々の討伐《とうばつ》対象は婆娑羅《バサラ》だ。警戒をするに越したことはない」

婆娑羅とは、最上位のケガレを指す総称だ。脅威度《リスク》も真蛇《シンジャ》の比ではなく、たとえ十二天将であっても単独で祓うことは難しいとされている。

「ああ、そうだな！」鳴海が頷《うなず》く。「しかもその婆娑羅が清弦の因縁の相手だっつーんなら、フンドシ締めてかからねーとな！」

そうなのだ。今回の任務《クエスト》で討伐対象になっている婆娑羅は、あの恐るべき〝呪禁物忌《じゅごんものいみ》〟を生んでいた元凶——いわば天若家の数百年の宿敵ともいえる相手なのである。

件《くだん》の婆娑羅がこの新層に棲息《せいそく》していることを突き止めるまで、どれほどの時間と労力をかけたことか。清弦ひとりではおそらく、百年経《た》ってもこの場所に来ることさえできなかっただろう。

気づけば新が、じっと清弦に視線を向けていた。

「清弦たんからすれば、感無量といったところか？」

「……別にぃ〜〜」

「いや、強がることはないぞ。我々は、清弦たんが天若と陰陽連《おんみょうれん》の橋渡しのために、どれだけの苦労をしてきたのか知っている」

天若止弦の死後、〝律《りつ》〟は組織体制の大きな見直しを迫られることになった。規律のみを徹底順守する暗殺主体の秘密組織から、より穏健的で開かれた治安維持組織へ――。

その改革の旗頭《はたがしら》に立ったのが、新当主の清弦なのである。

ここにいるふたりや有馬《ありま》の助力もあって、次第に天若家と陰陽連の連携も取れてきたところなのだ。

「〝律《りつ》〟の蓄積したデータをもとに、陰陽連の情報部が〝呪禁物忌《じゅごんものいみ》〟の調査をする――。今回の婆娑羅の発見は、双方の組織が協力してようやくできたことなのだろう？　清弦たんは歴代当主としてそれを初めて成しえたのだからな。誇りに思ってしかるべきだ」

「どうだかなぁ〜〜」

清弦は肩を竦《すく》める。新たな当主として自分が努力したことなど、たかが知れている。それよりはむしろ幸運と……大勢の人間の協力があってこそのことだろう。

「がっはっは！　謙遜《けんそん》するな！　九代目当主！」

鳴海が、バシバシと背中を叩いてくる。相変わらず遠慮の欠片《かけら》もない男だった。

「痛《いて》ぇなぁ〜〜！」清弦が鳴海を睨みつける。「つーかもう、当主つっても名目だけだぁ〜〜。仕事は他の連中に任せてるからなぁ〜〜」

「他の連中って……あの夕弦ってお嬢ちゃんとか？」

そうなのだ。ここ最近、天若家当主としての事実上の実務は、全て夕弦がこなしてしまっている。

『家のことはお気になさらず、どうか清弦様は十二天将として為すべきことをしてください』──それが彼女の言葉だった。

そもそも生真面目な彼女の方が、天若家や〝律《りつ》〟を取りまとめることに適している。それは清弦も認めるところであり、だからこうして心置きなく、ケガレ祓いの任務に参加できるというわけだ。

「うむ。我々を待つ人間のためにも、無事に帰らないとな」

新がそう呟いていると、背後から「おーい」と間延びした声が聞こえてきた。

眼鏡《めがね》に長髪の次期陰陽頭《おんみようのかみ》──土御門有馬だ。

「お待たせ〜〜。斥候《せつこう》部隊が帰還したよ」

「おお有馬！　ついに俺たちの出番か!?」

鳴海の言葉に、有馬が「そうだね」と微笑み返す。

普段は緩い印象のこの男も、狩衣姿ならば相応の貫禄《かんろく》がある。それもそのはず、今日の有馬は五十人規模の大部隊を指揮する隊長なのだ。

「これから僕が各小隊長に作戦説明をしたあと、いよいよ攻撃部隊の出陣だ。君たちの準備は万全かな？」

「周辺のケガレ祓いは滞《とどこお》りなく終了した。退路は確保済みだ」

新の返事に、有馬は満足そうに頷く。

次に清弦に視線を移し、

「攻撃部隊の要《かなめ》は当然、十二天将の君だよ、清弦。婆娑羅とやり合う覚悟はできてる？」

「はっ、誰に聞いてんだぁ〜？」

覚悟など、とうの昔にできている。そもそもこれは、ずっと待ち望んでいた機会だったのだから。

今回の婆娑羅を祓いさえすれば、島から〝呪禁物忌《じゆごんものいみ》〟の恐怖は消える。この数百年間、多くの人間たちを苦しめてきた悲劇のひとつが、今日をもって幕を閉じるのだ。

天若の人間として、これは是《ぜ》が非《ひ》でも成し遂《と》げなければならない重要な責務なのである。

「天若家の因縁は、俺と白虎が断ち切る……！」

「うんうん、その意気だよね」有馬がにっこりと頷いた。「でも、あんまりひとりで気負いすぎちゃダメだよ。相手が婆娑羅じゃ、十二天将だって命の危険があり得るんだから」

「絶対、生きて帰るに決まってんだろうがぁ〜〜」

腕の呪装に目を落とし、清弦はぐっと握り拳を作る。

音海紫――誰かを護るために力を使うことを、教えてくれた女性。

あの日に彼女に誓った言葉は、今もなお胸の中で同じ熱を発している。

「俺は死なねぇ……。帰りを待ってる女がいるからなぁ〜〜」

そんな清弦の言葉に、友人三人が顔を見合わせる。

「おい……今のどういう意味だ」

「察するに、紫殿に対しプロポーズを目論《もくろ》んでいるようだな」

「ひゅー♡　おめでとう！　ついに清弦も身を固める決心がついたんだね！」

三人の生暖かい視線を、清弦は「うるせぇ〜〜」と撥《は》ね除《の》ける。

「んなことより今は任務に集中しろぉ〜〜！」

まったくこいつらは……いつもいつも、緊張感のない連中である。命がけの任務の前だというのに、こんなに呑気《のんき》でいいのだろうか。

清弦が舌打ちしていると、腕の呪装から『ううむ』と威厳のある声が聞こえてきた。

『そういうお前も最近じゃ随分《ずいぶん》丸くなったぞ？　死地に赴く前に、好きな女のことを考えちまうくらいなんだからなぁ』

「白虎《おまえ》まで冷やかしてくるのかよ……」

『それで、なんて言ってあの娘をものにするつもりなんだ？　不器用なお前の代わりに、俺がいい文句を考えてやってもいいんだぞ？』

白虎の無遠慮な軽口に、清弦は顔をしかめた。

こうなったら、絶対死ぬわけにはいかないだろう。

生きて戻って、全員きっちりシメてやる。当然この馬鹿虎もだ——。清弦は、そんなことを考えながら戦闘準備を開始するのだった。

エピローグ

「そ、それでどうなったの？」

繭良《まゆら》が身を乗り出して詰め寄ってきた。テーブルの上のアイスティーのグラスが、ひっくり返ってしまいそうになるほどの勢いだ。

私はそれを「危ないわよ」と窘《たしな》める。

「でもさあ、気になるじゃない。お父さんとの出会いの話なんて、これまでなかなか話してくれなかったんだから」

きっかけは、私が何の気なしに語り始めた昔語りだった。そこにこの娘、繭良が思い切り食いついてきたのである。

この子のこういう好奇心旺盛《おうせい》なところは、自分譲りなのかもしれないな、と思う。

「そりゃあまあ、話したところでそうそう面白《おもしろ》い話でもないしね」

「面白いっていうか、色んな意味でショッキングだよ。私には伯父《おじ》さんがいて、しかも島の陰陽師《おんみょうじ》だったなんて」

繭良が「はあ」と頭を抱えている。

「〝律《りつ》〟だっけ？　昔のお父さんがそんな殺し屋みたいな仕事をしてたこととか、お母さんが密航者だったこととか。なんかもう、想像の斜め上過ぎて」

「そうね……確かに普通じゃないかもね」

ここは国内線の空港の一角。ロビー近くの喫茶店だ。

私が娘とふたり、母娘《ははこ》で顔をつき合わせてお茶などしているのは、かつての夫との待ち合わせのためだった。長らく土御門島《つちみかどじま》で陰陽師として活躍していた彼が、怪我《けが》を理由にこの町へと配属されることになったそうなのである。

あのひとと久しぶりに顔でも合わせようと、こうして空港まで出迎えにやってきたのだった。

繭良が「ねえ、お母さん。続きは？」と先を促《うなが》してくる。

「ええと、その婆娑羅《バサラ》の話だったかしら？」

土御門島での日々は、今でも昨日のことのように思い出せる。私が少し遅咲きの青春を満喫していた、かけがえのない時間だったからだ。

「あれなら、あのあとお父さんたちがやっつけてしまったみたい。〝呪禁物忌《じゅごんものいみ》〟はすっかり根絶されたのよ」

おそらく、想像を絶する死闘が繰り広げられたのだろう。なにせ三日経《た》って彼が家に戻ってきた時には、狩衣《かりぎぬ》もぼろぼろ、どこからどう見ても満身創痍《まんしんそうい》だったのだから。

そんな状態だったのにもかかわらず、「楽勝に決まってんだろぉ～～」とか説明していたあたりは、実に彼らしかったけれど。

それでも、対外的な評価はとても素晴らしいものだったらしい。

彼と仲間たちが婆娑羅を討伐《とうばつ》したという話は、瞬《また》く間に当時の土御門島を席巻《せっけん》したのだ。

あの一件で新たな〝白虎《びゃっこ》〟の名は不動のものになったのである。

それを皮切りに、天若《あまわか》家に対する偏見《へんけん》も払拭《ふっしょく》されていくことになった。その後の十二天《じゅうにてん》将《しょう》としての獅子《しし》奮迅《ふんじん》の活躍が、悪名を名声へと塗り替えたのだ。

「お父さんの陰口を言うひとなんて、すぐにいなくなったわ。むしろ歴代最強の白虎とか呼ばれたくらいでね。そりゃあもうすごいヒーローだったのよ」

「はいはい。ノロケ話、ごちそうさまでした」

半分照れつつ、半分呆《あき》れつつ、繭良がため息をつく。

「なんだかんだ言ってお母さん、お父さんのこと大好きだよね。何年経ってもラブラブみたいだし」

私は「うーん」と首を捻《ひね》る。

「ラブラブだったかって言われるとどうかしら。もちろんケンカもしたしね」

「そうなの？」

一番ひどかったケンカは、一緒に暮らしはじめて、数年経過した頃だっただろうか。

いきなり彼に、『本土に帰れ』と言われたときのことだ。

あのときのことは、今でも思い出すたびに胸が痛くなる。

大好きなひとと一緒に暮らして、幸せをかみしめていたところだったのに……。なんと、突然あのひとから別れを告げられてしまったのである。

藺良が「お母さん？」と首を傾《かし》げた。

「ううん。なんでもないわ」

結局、鳴神町《なるかみちょう》に戻ってくることになって……その三カ月後くらいだっただろうか。藺良がお腹《なか》の中にいることが発覚したのだ。

「ああ、そういえば、あのときのお父さんは行動が早かったわね」

「え？　あのときっていつ？」

「藺良が生まれたときの話よ。連絡したら、すぐに本土の病院まで飛んできてくれたの。確か……電話した次の日には来てくれたんじゃなかったかしら」

藺良が「ええ〜っ！」と目を丸くする。

「い……意外……！」

「仕事も忙しかっただろうに、それでも来てくれたっていうのは嬉《うれ》しかったかな……。なんだかんだ言って、お父さんも心配してくれていたのかしら」

「へえ。あのいっつも不愛想なお父さんがねえ」

藺良の表現に、ついつい苦笑いしてしまう。娘にまで不愛想呼ばわりされていますよ、お父さん。

「あぁ、でも、このこと私が言ってたってお父さんには話さないでね」

「どうして?」

「だってほら、お父さんって思ってることと言ってることが基本ちぐはぐなところがあるじゃない? ふふふ、ね……わかるでしょ」

藺良が「あはは」と頬《ほお》を綻《ほころ》ばせた。

「うん! わかるわかる!」

そのとき、喫茶店のドアが開いた。

店に入ってきたのは、長髪を後ろで束ねたベスト姿の男性。目の下の隈《くま》が目立つ、懐かしいあの顔だ。

「なんだぁ〜。俺の顔になんかついてんのかぁ〜?」

天若清弦《せいげん》が不機嫌そうに鼻を鳴らしつつ、私の隣に腰を下ろした。

後《ご》日《じつ》談《だん》
夏《なつ》の日《ひ》の思《おも》い出《で》

照りつける日差しの下、天若清弦《あまわかせいげん》はTシャツにハーフパンツというラフな姿で、白い砂浜を見渡していた。

浜辺には色とりどりのビーチパラソルが設置され、水着姿の男女が思い思いに羽を伸ばしている。海の家の看板を掲げた建物もちらほら。海水浴用の雑貨や軽食などを扱っている店舗だ。

ここは土御門《つちみかど》島《じま》海水浴場。島の陰陽師《おんみようじ》たちが夏の余暇《よか》を楽しむための、レクリエーションスポットである。

水着姿の紫《ゆかり》が、清弦のもとに小走りにやってきた。

「どうも、お待たせしましたー！」

その健康的な肢体《したい》を包むのは、白いフリルのついたビキニだ。見る者に清楚《せいそ》な印象を抱かせるような、シンプルで上品なデザインである。

「海の家で見繕《みつくろ》ってみたんですけど、なかなか合うサイズが見つからなくて」

そりゃあそうだ、と清弦も納得する。

音海《おとみ》紫は、驚くほどグラマラスなスタイルの持ち主だった。むしろよくこの辺境の島で、ぴったりのサイズの水着を見つけられたものだと感心するくらいである。

「ど、どうでしょう？　似合いますかね？」

紫の頬《ほお》は、やや上気しているようだった。少し緊張しているのだろうか。ミルク色の肌にはうっすらと玉の汗が浮かび、雫《しずく》となって伝い落ちていくのが見える。

清弦はそっぽを向きつつ「さあなぁ～」と、ぶっきらぼうに告げる。

もちろん、似合う似合わないで言えば、十分前者に入るだろう。清弦にはよくわからないが、先ほどから彼女は、ビーチの男性の視線を釘《くぎ》づけにしているのだ。一般的に見ても、音海紫の水着姿が抜群に魅力的であるということは事実らしい。

だが、面と向かってそれを認めるのは、なんだか負けという気がするのだ。何に負けるのかはわからないが。

「それよりも」ため息交じりに、強引に話を変える。「なんで今日は急に海水浴なんだぁ～～？　意味がわからねぇ～～」

「ほら、清弦さんもちょうど大きなお仕事が終わったところですし、打ち上げみたいなものですよ」

紫が屈託《くったく》なく笑う。

清弦らが〝呪禁物忌《じゆごんものいみ》〟を生み出していた婆娑羅《バサラ》を祓《はら》ったのが、ちょうど二週間ほど前の話だ。

ようやくこれで肩の荷がひとつ下り、通常のケガレ祓いに集中できるようになった。白《びやっ》虎《こ》の調子も上々、これからは十二天将《じゅうにてんしょう》として、すぐにでも禍野《まがの》のケガレを全《すべ》て祓ってやるくらいの意気ごみを抱いていたのだが——。

なぜか今日は、紫に海水浴場に連れてこられてしまったのである。ほぼ強引に。

清弦が顔をしかめているのを見て取ったのか、紫は「だってほら」と微笑《ほほえ》みを浮かべた。

「空も海も、こんなに青いんです。せっかく来たんですから、楽しまなくちゃ損だと思いますよ！」

「なんだその理屈はぁ〜〜……」

「そ……それに」ばつが悪そうに、紫が頬をかいた。「たまにはデートらしいこともしてみたかったんです。せっかくこのあいだ清弦さんが……その」

「その？」

「そ……その、プ……プロポーズ……してくれたわけですし……」

真っ赤になってしまった紫を見て、清弦は頭を抱える。

嫁に来い、ずっと護《まも》ってやるから——そう彼女に告げたのが、例の婆娑羅を倒した直後の話だ。

そのとき彼女は二つ返事で頷《うなず》いてくれたのだが——それ以降、なんだか態度が妙なのである。

「え、ええと……そうだ。カップル用遊具とか買っちゃうべきでしょうか。それとも、砂浜でふたりの愛のお城つくったりとか。あとは、売店のメロンフロートの食べさせっこしたりとか――」

「いいから落ち着けぇ～～」

清弦がため息交じりに頭を振ると、紫は「す、すいません」と項垂《うなだ》れた。

そう。プロポーズの一件以来、紫はすっかり舞い上がってしまっている。隙《すき》あらば「カップル」だとか「夫婦」だとか、そういう連中の真似事《まねごと》をしたがるのである。

好きな相手と一緒にいたい。そういう気持ちはわからないでもないのだが――なんだかいろいろと性急すぎるのではないだろうか。

「……女心はわからねぇ～～」

清弦がそんなことを独《ひと》りごちていると、

「別にいいじゃないか、清弦たん。水着は正義だ」

ふと、横から声をかけられる。萌《も》えキャラTシャツを着た男が、いつの間にか脇にいた。その手になぜか高そうな一眼レフカメラを携《たずさ》えて。

「やはりとは思っていたが、紫殿のビキニ姿は凄《すさ》まじいものがあるな……。ここまでバランスの取れたヒロイン、昨今のアニメでも見かけないぞ。実にけしからん」

「なんだ、新《あらた》かよ〜〜」

突然の旧友の登場にも、清弦はもはや驚かなくなっていた。隣で紫も「お褒《ほ》めいただき光栄です」などと朗《ほが》らかな笑顔を浮かべている。

この流れだと……どうせ近くに鳴海《なるみ》もいるのだろう。

「ちなみに五百蔵《いおろい》氏なら、素潜りで魚を捕りに行ったぞ。近海の主を捕まえると意気ごんでいた」

「別に聞いてねぇ〜〜」

見れば、離れた場所の岩肌の上から、ふんどし姿の筋肉男がこちらに手を振っている様子が窺《うかが》えた。背中に二メートルはあろうかという巨大な魚を背負っている。

「ともあれ、せっかくの休暇なんだ。存分に楽しまないと損だぞ、清弦たん」

余計なお世話もいいところである。あと清弦たんと呼ぶな。

そしてやはりというべきか。さらに、背後によく知る人物の気配が。

「いやいや、いいお日柄だね。諸君」

振り返れば、長髪に眼鏡《めがね》の優男《やさおとこ》が笑みを浮かべている。ハイカラな水着姿であった。

清弦は絶句する。陰陽連《おんみようれん》上層部での雑務に追われているはずの若きエリート様が、小脇に巨大なイルカの遊具を抱えて現れたのだから。

「あ、有馬《ありま》さん。その節はどうも」紫が頭を下げた。

「ああ、紫さんか。いいねえ。とっても似合ってるよ、その水着。清弦の隣なんかもったいないくらいだ」

有馬が満足げに目を細める。

この男が現れると、場が厄介《やっかい》なことになるのが常だ。清弦はつい眉《まゆ》をひそめてしまう。

「次期陰陽頭《おんみょうのかみ》サマが、こんなところで何してんだぁ～～？」

「何って。海水浴に来たに決まってるじゃないか。僕だって、こんな真夏にずっと執務室に閉じこもっていたくはなかったからね」

そりゃあ、格好を見れば海水浴だということはわかる。だが、この男のことだ。裏で何を考えているかわからない。

「やだなあ。そんなに睨《にら》まないでよ。僕は別に何も企《たく》んだりはしてないよ？　ただ、ちょっと清弦のドキドキ新婚生活が楽しくなるように後押しをしに来ただけで」

「そういうのを企んでるっつうんだ」

「でもさあ、このままほっといても紫さんと何の進展もなさそうじゃない。やっぱりここは僕らで、ひと夏のアバンチュールをプロデュースしなきゃと思ってさ」

「いらねえって言ってんだろうがぁ～～」

この土御門有馬という男は、ひとを冗談半分でからかうのが本当に好きなのだ。

隣で紫が、にこにこと目を細めている。

「アバンチュールはともかく、みんなで遊ぶのは大賛成ですよ。せっかくの海ですし」

「いやあ、そう言ってくれると嬉《うれ》しいねえ」有馬が満足げに頷いている。「実は、大人数で遊ぶんならとっておきの案があるんだけど——」

「おお有馬！　遊ぶんなら俺も混ぜろ！」

鳴海が砂浜を駆けてくる。いつの間に水着に着替えたのだろうか。その精悍《せいかん》でたくましい体つきには、ブーメランパンツが実に似合っていた。無駄に。

有馬が満足げに頷く。

「うん。人数は多ければ多いほどいいからね。あとは、その辺にいる知り合いにもできるだけ声をかけてみよう。二十人くらいは欲しいかな」

「そんなに集めて何するつもりだぁ〜？」

清弦の問いに、待ってましたとばかりに有馬が目を輝かせた。

「『第一回有馬杯争奪、ペア対抗ビーチボール大会〜ポロリもあるよ〜』だ！」

「なんだそりゃあ……」

しかし、眉をひそめているのは清弦だけ。

紫は「ポロリってなんですか？」と呑気《のんき》に首を傾《かし》げている。

「体力勝負なら負ける気がしないな。清弦、あんみつの借りはここで返させてもらうぞ！」

「ふむ。面白《おもしろ》そうだ。カメラを持参した甲斐《かい》があったたな」

鳴海や新も、有馬の提案には乗り気な様子だった。

「というわけで、まずは人数集めから始めよう。さあ、散った散った！」

それだけ言って有馬は、海水浴客たちに声をかけに行ってしまう。さすがは次期陰陽頭と目されている男だけあって、顔が広いのだろう。ビーチで休暇中の陰陽師たちを、実にフランクな様子で次々と勧誘している。

そんな有馬の様子を見て、紫が「はあ」と目を丸くする。

「有馬さんって色んな意味ですごいですよね。仲良く過ごしてるカップルにも、あんなに強引に声をかけに行けるなんて……」

見れば有馬は、浜辺でおはぎを食べている男性の腕を取り、強引に勧誘しようとしているところだった。一緒にいる黒髪の女性も困惑気味の様子である。

「あれは化野《あだしの》か……災難だったな」

「この分だと、すぐにひとが集まっちゃいそうですね」

「ビーチバレーなんて興味ねぇ〜」

ため息をつく清弦を、紫が「そんなこと言わないでくださいよ」と窘《たしな》める。

「せっかくのペア参加ですよ？　これってつまり、ふ、夫婦の共同作業になるわけじゃないですか。参加しないのは損です」

なるほど、またしても紫はそういう部分にこだわっているのか。

「ねえ清弦さん、やりましょうよ。せっかくお友達も誘ってくれているわけですから」

「別に、やらないって言ってるわけじゃねぇ〜〜」

紫はときどき、妙に押しが強い。こういうときの彼女の方針に異を唱《とな》えるのは、無駄だということはすでにわかっているのだ。口論すればするだけ、体力と精神力を消費することになる。

紫がやりたいなら、付き合ってやるのが無難だろう。

「それじゃあ、頑張《がんば》って優勝を目指しましょうね。清弦さん」

にこり、と笑う紫の笑顔は、真夏の太陽よりも眩《まぶ》しかった。

※

そして数時間後。

気がつくと、清弦は仰向《あおむ》けになって天を仰いでいた。

「あぁん……？」

どうやら自分は現在、ビーチパラソルの下、シートの上に寝かされているらしい。

いったいどうしたというのだろうか。後頭部には、生温かい柔らかさを感じていた。

「あ、目が覚めました？」紫の声が頭上から響《ひび》く。

ここでようやく清弦は気づいた。自分は現在、彼女に膝枕《ひざまくら》をしてもらっている状態なのだ、と。

「なんだぁ〜……？」

「ほんと、さっきのは残念でしたね」紫が笑う。「まさかあそこで、鳴海さんがあんなにすごいスパイクを放ってくるなんて思ってもみませんでした」

「スパイク？　ああ、そういや……」

ようやく思い出す。

確か、ビーチボール大会の三回戦だ。鳴海&新ペアとの対戦中、思い切り顔面にボールをぶつけられたのである。それで、失神してしまったのだろう。

「そうだ。鳴海の野郎、至近距離から全力でスパイクを打ってきやがったんだ」

「清弦さん、思い切り吹き飛ばされてましたね。三メートルくらい」

「あの馬鹿《ばか》、素手で呪装《じゆそう》したくらいの馬鹿力持ってやがるからなぁ〜〜」

「清弦さんが、『手加減抜きで来いや』って挑発したからですけどね」

紫が、くすりと笑った。

頬に添えられた彼女の指先が、なんだかむず痒《がゆ》い。不思議な心地よさを覚えてしまう。

浜辺では、相変わらず有馬を中心に盛り上がっているようだった。さすが禍野での戦いで鍛えられた陰陽師たちだ。この暑さの中でも、元気のいい連中である。

「よっぽど強烈だったんですかね。清弦さん、もう二時間も眠りっぱなしでしたよ」

「二時間も……」

気づけば、少し日が落ちてきたような気がする。もうすぐ夕方になるのだろう。

「なんで、目が覚めなかったんだろうなぁ〜〜……」

不思議と、悪夢は見なかった。

普段なら、ほんの数十分眠るだけでも悪夢に襲《おそ》われ、目が覚めてしまうのだ。こんなに長時間眠ることができたのは、もう何年ぶりだろう。

清弦の頭を撫《な》でながら、紫がおどけたように口を開いた。

「もしかして、私の膝枕がよかったんでしょうか」

「まさか」

「清弦さんが眠るときは、これからいつも私が膝枕してあげましょうか？　安心してぐっすり快眠できるようになるかも」

冗談めかしたその口調に、清弦もつい口元を緩《ゆる》めてしまう。

「それもいいかもなぁ～～」

「あはは、じゃあそうします」

それから、そのまましばらく何もしゃべらず、ふたりでぼうっと浜辺を見つめていた。

喧噪《けんそう》と波の音とが奏《かな》でるハーモニーに包まれ、再び心地よい眠気が襲ってくるのを感じる。

紫が「はあ」とため息をついたのは、そんなときだ。

「なんか私、空回りしちゃってたんですかね」

清弦が「何だぁ～～?」と紫を見上げる。

「せっかく清弦さんと夫婦になれたんだから、なにかもっと夫婦らしいことしなきゃって焦っちゃって。それで、変に清弦さんを引っ張り回したりしちゃったんです」

今日はごめんなさい、と彼女は小さく頭を下げた。

「あぁ～～……」

事実、彼女の言う通りなのだろう。確かに無理にはしゃぎ過ぎているような気はしていたのだ。

夫婦らしいことをしたかった、か……。

「でも、ですね。ゆっくり寝ている清弦さんを見ていて、夫婦って何か特別なことをしたりとか、そういう形から入るものじゃなくて……もっと雰囲気的なものなんじゃないかと思ったんです」

「雰囲気的なもの？」

「はい。なんていうんでしょうね……。私が膝枕をして、清弦さんがぐっすり眠れて……そうやって、お互いがお互いの安心できる場所になれること——と言いますか」

要領を得ない漠然《ばくぜん》とした説明だったが、なんとなく紫が言いたいことは理解できた。

自分にとって、安心できる場所。それは、戦いだけの日々の中では、絶対に見つからなかったものだ。

「そう……だなあ〜〜……」

再び瞼《まぶた》を閉じながら、清弦は口の中だけで呟《つぶや》いた。

そういう意味じゃ、お前はいい線いってるんじゃねえのかぁ〜〜……。

「え？　いま何か言いました？」

「別にぃ〜〜」

「いや、絶対なんか言いましたよね？　とっても気になるんですけど」

「うるせぇ～～。もうひと眠りするから邪魔《じゃま》すんなぁ～～」

それきり口をつぐんでしまった清弦に、紫は「しょうがないひとですねえ」と微笑みかける。

紫に頭を撫でつけられながら、清弦の意識は再びまどろみの中へと沈んでいった。

たまにはこういう日も悪くねえな――と、そんなことを思いながら。

短《たん》編《ぺん》
「ろくろ」、その謎《なぞ》

とある日の地下訓練室――。

焔魔堂《えんまどう》ろくろは床に大の字に横たわり、荒い呼吸で天を見上げていた。

「こ……これで手加減してるって、冗談だろ……？」

身体《からだ》の節々《ふしぶし》が悲鳴を上げ、じんじんと熱を帯びている。全身は絞りたての雑巾《ぞうきん》のごとく汗で水分を失い、指一本動かせないほどに疲労してしまっていた。

原因は天若清弦《あまわかせいげん》との組手だ。今回はお互い呪力《じゅりょく》抜きでの、ガチの殴り合い勝負。

元十二天将《じゅうにてんしょう》の清弦といえど、純粋な殴り合いなら少しくらいは勝算が見いだせるのではないか――そんな考えは、浅はかだったのだろうか。結局ろくろは清弦に一矢《いっし》も報《むく》いることができないまま、ノックダウンさせられてしまったのである。

勝てないのは毎度のことではあるが、まさか左腕一本の相手にここまで一方的にズタボロにされてしまうとは。まるで予想外だった。

倒れたろくろを見下し、清弦が「ふん」と鼻を鳴らす。

「そもそもてめえは体捌《たいさば》きの基礎ができちゃいねぇ～。相手の攻撃を見てから反応したんじゃ遅《おせ》ぇんだよ。先読みで動けるようになれや」

ろくろとは対照的に、清弦の顔には疲労の色ひとつない。束ねた長い髪にも、テーラードの黒ベストにも、一切乱れは見られなかった。

「まだまだヒヨっこだな。そんなんじゃ、島で戦うのは十年早《はえ》え～～」

「そ、そりゃそうかもしれねーけど」息を整えながら、ろくろが上体を起こす。「つうかさあ清弦、こういう単純な殴り合いよりも、どうせ修行すんなら、もっと、実戦で使えるような技とか教えてほしいんだけど」

「あぁ～～？　なんか勘違いしてねえか、チビ助ぇ？」

清弦が、大きく舌打ちをする。

「俺はそもそも最初から、てめえに修行なんかつけてやってるつもりはねえ」

「え？　これ修行じゃないの？」

「当たり前だろ。これはただのストレス解消だ。主に俺の」

「じゃあ俺ただ、憂《う》さ晴らしに殴られてただけ!?」

ろくろが目を丸くするのをしり目に、清弦が踵《きびす》を返す。床のジャケットを拾いあげ、地上階への階段を上る。

「ちょっと電話一本入れてくる。続きはそのあとだぁ～～」

「おい清弦、待てよっ……」

ろくろの制止をスルーし、清弦はさっさと訓練室を出て行ってしまった。相変わらず俺様気質の塊《かたまり》みたいな男である。

「くっそ、いつか絶対コテンパンにしてやる」

〝島〟に渡るチャンスを得られる日まで、残り二年弱。その間に、なんとか清弦レベルの強さにまで近づかなければならないのだ。

そのためなら、どんな苦行も乗り越えるつもりである。たとえ師匠の性格が少々歪《ゆが》んでいようと、強くなるためなら多少の我慢は必要だろう。

「つうか早いとこ清弦相手にやり返せるようにならねえと、俺の身体《からだ》がもたねえな」

そのときふと、階段を下りる足音が聞こえてくる。

清弦と入れ違いで、彼女がやってきた。

「……お疲れ」

凛《りん》として落ち着いた雰囲気の女の子——化野紅緒《あだしのべにお》だ。

今日の彼女は、長い黒髪をポニーに結んだ、運動着スタイルである。彼女もこれから修行を始めるつもりなのだろう。

紅緒はろくろに歩み寄ると、手にしたボトルを「はいこれ」と差し出した。

「お、おう……サンキュ」

お礼を言って、差し入れを受け取る。中身は聞くまでもない。栄養価と味が完全に反比例した彼女のオリジナルドリンク〝紅緒スペシャル〟だろう。

ストローで一口含むと、やはり予想通りに凄《すさ》まじかった。何度飲んでも喉《のど》と胃がひっくり返りそうな味である。

できれば陰陽師《おんみょうじ》の修行と平行して、紅緒スペシャルの味も修行で改善してほしい――紅緒と生活を共にし始めて、ろくろは何度そう願ったことか。

そんなろくろの内心などつゆ知らず、紅緒が口を開く。

「今、ちょうど上で……天若さんとすれ違った」

「ああ、つい今の今までボコられてたからな。一方的に」

今だって、浴びせられた拳打の痛みで全身がガクガクなのだ。あの師匠の修行方針、いくらなんでもスパルタに過ぎるのではないだろうか。

「つーか清弦のやつ、全然手加減しねぇし！　教え方は雑だし！　なんかこう……愛がないんだよ愛が！」

「そう？」紅緒が首を傾《かし》げる。「私は、天若さんと知り合ってまだ日が浅いけれど……あのひとは、だいぶ君には優しいと……思う」

「そうか？　まったくそうは思えねえけど」

「あのひとは、表向き確かに……厳しい。でも、ときどき君への言動の中に、師弟の愛情を感じることも……ある」

そう言い切る紅緒の表情に、冗談を言っている気配はない。

ろくろ以上に、手練《てだ》れの陰陽師たちと渡り合ってきた彼女だ。その感性からすれば、あの天若清弦から優しさめいたものを感じることができるのだろうか。

「そういうの、覚えはない？　愛情を感じるような……言葉とか」

「言葉ねえ」腕組みして考える。「つっても、俺が普段、清弦からかけられる言葉なんて、たいてい憎まれ口ばっかりのような――」

そう言いかけ、ろくろは「あ」と気がつく。

「いや、ひとつあるか」

「それは？」

「言葉っていうかは微妙だけど。この〝焔魔堂ろくろ〟って名前がそうなのかも」

ろくろが物心ついたのは、雛月寮《ひいなつきりょう》にいた頃だ。それ以前の記憶はないが、ケガレに両親を殺されてしまったらしい。孤児だったろくろを寮に連れてきたのが、あの清弦なのだ。

「雛月に来たばかりの俺は何も覚えてなかったらしいし、実の親もいないしで、最初は名前もわからなかったんだと」

「それで、天若さんが名づけ親になった……と？」

紅緒の問いかけに、ろくろが頷く。

確かに、名前をつけてくれたのはありがたいことかもしれない。清弦がいなかったら、自分は名無しの権兵衛《ごんべえ》だった可能性すらあるのだから。

やはり、少しくらいは感謝をしなければならないのだろうか――そんな風にろくろが眉間《みけん》に皺《しわ》を寄せていると、

「ひとつ質問」紅緒が手を挙げた。「前から少し気になって……いた。その、〝ろくろ〟という名前の由来は……何？」

「由来って、いや、そりゃお前――」

そこで、はたと気がつく。そういえば、今まで気にしたことすらなかった。

焔魔堂ろくろ。我ながらなかなか珍しい名前だ。清弦がこんな名前をつけたからには、何か深い意味があったりするのだろうか。

眉根《まゆね》を寄せるろくろを見て、紅緒が「ふむ」と眉をひそめる。

「つまり、君もそれは聞かされて……いない？」

「まあ。そもそも清弦とこんな話したことねえし」

「じゃあ……もしかして」

なぜか紅緒が、興味深げにずいっと顔を近づけてくる。シャンプーの香りがふわりと漂って、ろくろはついごくりと喉を鳴らしてしまった。

もうだいぶ見慣れたとはいえ、やはり化野紅緒はかなりの美少女なのだ。こんなにも顔を近づけられれば、そりゃあ鼓動が高鳴ってしまう。男子中学生の性《さが》というやつだ。

ろくろはあくまで平静を装いつつ「な、なに？」と聞き返す。

「もしかして君、実は首が異常に伸びたり……する？」

言いつつ彼女は、ろくろの首筋に指を這《は》わせてきたではないか。

「い、いや!?　別にろくろ首が由来ってわけじゃねえと思うけど!?」

慌てて紅緒と距離を取る。あまりの不意打ちに、いろいろな意味でドキドキさせられてしまった。

「そう……なの」紅緒はなぜか肩を落としてしまった。

ろくろは「こほん」と咳《せき》払いし、言葉を続ける。

「そ、そこはほら、ろくろ首の元ネタつうか、陶芸《とうげい》とかの轆轤《ろくろ》が由来なんじゃねえのかな」

「あの、粘土《ねんど》をクルクル回す……あれ？」

「そうそう。ほら、陶芸ってのは色んな才能が問われるもんだろ？　俺の名前には案外、そういうのが身につくようにって意味がこめられてるのかも」

「才能って……なに」

「ええと、なんだろ。美的感覚とか繊細《せんさい》さとか？」

「び、美的感覚と繊細……さ？」

紅緒が胡散臭《うさんくさ》げに顔をしかめる。まるで「この馬鹿《ばか》は何を言っているのだろう」とでも言いたげな面持《おもも》ちだ。

「おいお前、馬鹿にすんなよ。これでも俺、美術は得意科目なんだぞ」

あくまで数学や英語と比較すれば、の話だが。

「でも、ありえない」

「いいや。ありえる。きっと清弦は、俺のクリエイティブな才能を見出したんだな。だからこそ、ろくろなんて名前を――」

そう言いかけたとき、頭上から「ぜんぜん違《ちげ》ぇ～～」と声が響《ひび》いてくる。清弦だ。仕事の電話を終えたのだろうか。かつかつと音を立てて、階段を下りてくる。

「そんなご大層なもんじゃねえよ。もっとシンプルなもんだぁ」

「シンプル？」ろくろが首を捻《ひね》る。

「お前の誕生日」

「はぁ～～？」

誕生日――。焔魔堂ろくろの誕生日は、清弦がろくろに出会った日ということになっている。もちろん便宜《べんぎ》的なものだが。

「六月六日だけど……それがどうしたんだよ？」

「あ」と声をあげたのは、隣の紅緒だ。「もしかして、六月六日……六、六で、ろくろ？」

清弦が気だるげに「正解ぃ〜」と呟《つぶや》いた。

六月六日だから、ろくろ……。

自分の名前に隠された浅すぎる秘密を知り、ろくろは「マジかよ」と顔を引きつらせる。

「なんつうか……あまりに安直じゃね!?」

「そりゃ五秒で考えた名前だからな」

「五秒!?」

「覚えやすくていいだろうがよぉ。感謝しろぉ〜〜」

清弦は一切悪びれずに、そんなことを言い放つ。

まさか自分のアイデンティティが、そこまでぞんざいに扱われてたなんて。

このやり場のない感情をどこにぶつければいいのだろう。少しでもこの男に感謝しようと思っていた自分が間違っていたのだろうか。

「なんか頭きた……」ろくろは立ち上がり、自らの名づけ親を睨《にら》みつける。「おい清弦！今すぐもう一本勝負しやがれ！」

「自分からサンドバッグになりてえとは殊勝じゃねえか。いいぜぇ、相手してやるよぉ

〜〜」

そうしてまた、本日二度目の殴り合いが始まる。

横で見ていた紅緒は、そんなふたりをなぜか微笑《ほほえ》ましげに見つめるのだった。

■初出
双星の陰陽師―天縁若虎―
書き下ろし

[双星の陰陽師]―天縁若虎―

2016年 8月9日 第1刷発行
2017年 3月31日 第4刷発行

著　者／助野嘉昭 ◉ 田中 創

装　丁／石野竜生 [Freiheit]

編集協力／藤原直人 [STICK-OUT]
神田和彦 [由木デザイン]

編集人／浅田貴典

発行者／鈴木晴彦

発行所／株式会社 集英社
〒101-8050 東京都千代田区一ツ橋2丁目5番10号
電話 編集部／03-3230-6297
読者係／03-3230-6080
販売部／03-3230-6393《書店専用》

印刷所／凸版印刷株式会社

Printed in Japan　ISBN978-4-08-703402-8 C0093

検印廃止

JUMP j BOOKS：http://j-books.shueisha.co.jp/

本書のご意見・ご感想はこちらまで！

http://j-books.shueisha.co.jp/enquete/

ジャンプ ジェイ ブックス

集英社